Asesinato en la calle Hickory

Biblioteca Agatha Christie

Agatha Christie
Asesinato en la calle Hickory

Traducción de C. Peraire del Molino

Obra editada en colaboración con Editorial Planeta – España

Agatha Christie

Diseño de portada: Planeta Arte & Diseño / David López
Ilustración de portada: iStock

Bajo el sello editorial BOOKET M.R.
Avenida Presidente Masarik núm. 111,
Piso 2, Polanco V Sección, Miguel Hidalgo
C.P. 11560, Ciudad de México
www.planetadelibros.com.mx

Primera edición impresa en España en Colección Booket: abril de 2025
ISBN: 978-84-08-30124-0

Primera edición impresa en México en Booket: agosto de 2025
ISBN: 978-607-39-3102-1

Impreso en los talleres de Impregráfica Digital, S.A. de C.V.
Av. Coyoacán 100-D, Valle Norte, Benito Juárez
Ciudad De Mexico, C.P. 03103
Impreso en México - *Printed in Mexico*

Biografía

Agatha Christie es conocida en todo el mundo como la Dama del Crimen. Es la autora más publicada de todos los tiempos, tan solo superada por la Biblia y Shakespeare. Sus libros han vendido más de dos mil millones de ejemplares en todo el mundo. Escribió un total de ochenta novelas de misterio y colecciones de relatos breves, más de veinticinco obras de teatro y seis novelas escritas con el pseudónimo de Mary Westmacott. Probó suerte con la pluma mientras trabajaba en un hospital durante la Primera Guerra Mundial, y debutó en 1920 con *El misterioso caso de Styles*, cuyo protagonista es el legendario detective Hércules Poirot, que luego aparecería en treinta y tres libros más. Alcanzó la fama con *El asesinato de Roger Ackroyd* en 1926, y creó a la ingeniosa Miss Marple en *Muerte en la vicaría*, publicado por primera vez en 1930. Se casó dos veces, una con Archibald Christie, de quien adoptó el apellido con el que es conocida mundialmente como la genial escritora de novelas y cuentos policiales y detectivescos, y luego con el arqueólogo Max Mallowan, al que acompañó en varias expediciones a lugares exóticos del mundo que después usó como escenarios en sus novelas. En 1961 fue nombrada miembro de la Real Sociedad de Literatura y en 1971 recibió el título de Dama de la Orden del Imperio Británico, un título nobiliario que en aquellos días se concedía con poca frecuencia. Murió en 1976 a la edad de ochenta y cinco años. Sus misterios encantan a lectores de todas las edades, pues son lo suficientemente simples como para que los más jóvenes los entiendan y disfruten, pero a la vez muestran una complejidad que las mentes adultas no consiguen descifrar hasta el final.

www.agathachristie.com

Personajes

Relación de los personajes que intervienen en esta obra:

AKIBOMBO: Estudiante negro.

ACHMED ALI: Estudiante egipcio.

CELIA AUSTIN: Muchacha que trabaja en la farmacia de un hospital.

LEONARD BATESON: Joven pelirrojo muy corpulento, estudiante de Medicina.

NIGEL CHAPMAN: Estudiante de Historia, delgado y de carácter irascible.

COBB: Sargento de policía.

ENDICOTT: Abogado.

SALLY FINCH: Estudiante americana y pelirroja.

GEORGE: Mayordomo de Poirot.

GERONIMO: Criado italiano de la pensión, esposo de la cocinera Maria.

RENÉ HALLE: Estudiante francés.

VALERIE HOBHOUSE: Joven morena, empleada en un salón de belleza.

HUBBARD: Hermana de miss Lemon y directora de la pensión.

ELIZABETH JOHNSTON: Estudiante de las Antillas.

CHANDRA LAL: Estudiante indio.

PATRICIA LANE: Estudiante de Arqueología.

FELICITY LEMON: Secretaria de Hércules Poirot.

MARIA: Cocinera italiana de la pensión.

GENEVIEVE MARICAUD: Estudiante francesa.

COLIN MCNABB: Estudiante de un postgrado de Psicología.

NICOLETIS: Dama griega, propietaria de la pensión para estudiantes.

HÉRCULES POIROT: Detective belga.

GOPAL RAM: Estudiante indio.

SHARPE: Inspector de policía.

JEAN TOMLINSON: Rubia estudiante en el Hospital de Santa Catalina.

Capítulo primero

Hércules Poirot frunció el entrecejo.

—Miss Lemon.

—Diga, monsieur Poirot.

—En esta carta hay tres errores.

Su voz mostraba incredulidad. Miss Lemon, aquella mujer antipática pero eficiente, jamás cometía errores. Nunca estaba enferma, cansada, contrariada ni desacertada. A todos los efectos prácticos no era una mujer, sino una máquina: la perfecta secretaria. Lo sabía todo, lo resolvía todo. Dirigía la vida de Hércules Poirot de modo que también funcionara como un reloj. Orden y método habían sido el santo y seña del detective belga durante muchos años. Con George, el perfecto mayordomo, y miss Lemon, la perfecta secretaria, el orden y el método reinaban supremos sobre su vida. Y ahora que también freían los buñuelos cuadrados, no podía quejarse de nada.

Y no obstante, esa mañana, miss Lemon había cometido tres errores al mecanografiar una carta sencillísima y, lo que era peor, ni siquiera se había dado cuenta. ¡Y el mundo seguía girando!

Hércules Poirot le tendió el ofensivo documento. No estaba disgustado, sino simplemente asombrado. Esta era una de esas cosas que no podían ocurrir, pero que había ocurrido.

Miss Lemon cogió la carta, la miró y, por primera vez

en su vida, Poirot la vio enrojecer, con un rubor que tiñó su rostro hasta las raíces de sus cabellos grises.

—Dios mío —exclamó—, no sé cómo ha ocurrido. Vaya, sí que lo sé. Ha sido por culpa de mi hermana.

—¿Su hermana?

Otra sorpresa. Poirot no había imaginado nunca que miss Lemon tuviera una hermana, padre, madre o tan siquiera abuelos. Su secretaria, en cierto modo, era una máquina tan completa, un instrumento de tal precisión, por así decirlo, que parecía ridículo pensar que pudiera tener afectos, ansiedades o preocupaciones familiares. Era bien sabido que miss Lemon, fuera de las horas de trabajo, se entregaba en cuerpo y alma al perfeccionamiento de un nuevo sistema de archivo que sería patentado y llevaría su nombre.

—¿Su hermana? —repitió por lo tanto Hércules Poirot, con una nota de incredulidad en la voz.

Miss Lemon asintió con gesto enérgico.

—Sí. No creo que le haya hablado nunca de ella. Prácticamente ha pasado toda su vida en Singapur. Su esposo se dedicaba al negocio del caucho.

Hércules Poirot asintió con aire comprensivo. Le parecía muy apropiado que la hermana de miss Lemon hubiera pasado toda su vida en Singapur. Para eso existían lugares como Singapur. Las hermanas de las mujeres como miss Lemon se casaban con hombres de Singapur para que las miss Lemon de este mundo pudieran dedicarse a atender los asuntos de sus jefes con la eficiencia de una máquina (y, desde luego, a inventar sistemas de archivo en sus ratos libres).

—Comprendo. Prosiga usted.

Miss Lemon continuó:

—Se quedó viuda hará unos cuatro años. No tiene hijos. La instalé en un apartamento pequeño y muy bonito, y con un alquiler razonable.

(Evidentemente, solo miss Lemon podía conseguir semejante imposible.)

—Disfrutaba de una posición desahogada, aunque ahora el dinero no valga lo que antes, pues no tiene gustos caros, y disponía de lo suficiente para vivir cómodamente si era cuidadosa. Pero la verdad es que se encontraba sola. Nunca había vivido en Inglaterra y, al no tener viejas amistades ni amigos, disponía de mucho tiempo para aburrirse. A lo que íbamos: hará unos seis meses me comentó que pensaba aceptar un empleo.

—¿Un empleo?

—Sí, de directora o administradora de una residencia de estudiantes. La propietaria era una mujer griega, y deseaba que alguien regentase la residencia en su lugar, que se ocupara de las comidas y servicios, y de que todo marchara sobre ruedas. Es un caserón antiguo, en Hickory Road, no sé si sabe dónde está. —Poirot no lo sabía—. Antes era un barrio distinguido y las casas están bien construidas. Mi hermana dispondría de un buen alojamiento: dormitorio, salón, un baño y una cocina para ella sola.

Miss Lemon hizo una pausa. Poirot emitió un sonido alentador, ya que hasta el momento aquello no parecía precisamente una tragedia.

—Yo no estaba muy segura de la conveniencia del asunto, pero comprendí los argumentos de mi hermana. Nunca ha sido una mujer dispuesta a estarse todo el día de brazos cruzados. Es muy práctica y sabe dirigir. Y, desde luego, no tenía que arriesgar dinero ni nada por el estilo. Era puramente un empleo retribuido. El sueldo no era muy elevado, pero ella no lo necesitaba, y no exigía demasiado trabajo físico. Siempre le han agradado los jóvenes y, al haber vivido tanto tiempo en Oriente, comprende las diferencias raciales y las susceptibilidades de la gente. Los estudiantes de esta residencia son de todas las nacionalidades; la mayoría ingleses, pero creo que hay también algunos negros.

—Es natural —comentó Hércules Poirot.

—Hoy en día, la mitad de las enfermeras de nuestros hospitales son negras —continuó miss Lemon en tono dubitativo—, y tengo entendido que resultan mucho más agradables y atentas que las inglesas. Pero me estoy apartando de la cuestión. Discutimos el asunto y, al final, mi hermana se mudó. Ninguna de las dos apreciamos mucho a la propietaria, Mrs. Nicoletis, una mujer de temperamento incierto, unas veces encantadora y otras, lamento decirlo, muy tacaña y poco práctica. Naturalmente, si no, no hubiera necesitado ayuda. Mi hermana no se deja impresionar por las rabietas y extravagancias de nadie. Sabe llevarse bien con cualquiera y no soporta las tonterías.

Poirot asintió. Notaba un vago parecido con miss Lemon en la descripción de la hermana, una miss Lemon dulcificada por el matrimonio y el clima de Singapur, pero una mujer con el mismo sentido común.

—¿Su hermana aceptó el empleo?

—Sí. Se trasladó al 26 de Hickory Road hará unos seis meses. En conjunto, le gusta el trabajo y lo encuentra interesante.

Hércules Poirot seguía escuchando. Hasta entonces las aventuras de la hermana de miss Lemon estaban resultando insustanciales.

—Pero desde hace algún tiempo está muy preocupada, preocupadísima.

—¿Por qué?

—Verá, monsieur Poirot, no le gustan las cosas que están ocurriendo.

—¿Hay estudiantes de ambos sexos? —preguntó Poirot con delicadeza.

—¡Oh, no, monsieur Poirot, no me refería a eso! Una siempre está preparada para esa clase de contratiempos, ya se los espera. No, han estado desapareciendo cosas.

—¿Desapareciendo?

—Sí. Cosas muy extrañas y de una manera poco natural.

—Al decir que han estado desapareciendo cosas, ¿se refiere a que han sido robadas?

—Sí.

—¿Han dado parte a la policía?

—No, todavía no. Mi hermana espera que no sea necesario. Aprecia a esos jóvenes, es decir, a algunos de ellos, y preferiría arreglar las cosas por sí misma.

—Sí —dijo Poirot pensativo—, lo comprendo. Pero eso no explica, si me permite decirlo, su propia inquietud, que yo he tomado por un reflejo de la preocupación de su hermana.

—Me desagrada esta situación, monsieur Poirot. No me gusta nada. Me es imposible sustraerme a la idea de que está ocurriendo algo que no comprendo. Los hechos no parecen tener explicación lógica, y no se me ocurre ninguna.

Poirot asintió con aire pensativo.

El talón de Aquiles de miss Lemon era siempre su imaginación. Carecía de ella por completo. En los hechos concretos era invencible, pero en las conjeturas se veía perdida. No tenía nada que ver con ella el estado de ánimo de los hombres de Cortés en la cima del Darién.

—¿Se trata de hurtos insignificantes? ¿Obra de un cleptómano tal vez?

—No lo creo. Me documenté sobre el tema en la *Enciclopedia Británica*, y en un libro de medicina —dijo la concienzuda miss Lemon—, pero no quedé convencida.

Hércules Poirot guardó silencio un minuto y medio.

¿Deseaba mezclarse en las preocupaciones de la hermana de miss Lemon y en las pasiones y los agravios de una pensión políglota? Era muy molesto que miss Lemon cometiera errores en sus cartas, y se dijo que, si se metía en aquel asunto, sería por aquella razón. No quiso admitir que había estado aburridísimo últimamente, y que la misma trivialidad del caso era lo que le atraía.

—«El perejil se hunde en la mantequilla en un día caluroso» —murmuró.

—¿Perejil? ¿Mantequilla? —Miss Lemon lo miró extrañada.

—Es una cita de uno de sus clásicos. Usted sin duda alguna conocerá las aventuras, por no decir las hazañas, de Sherlock Holmes.

—¿Se refiere a esas sociedades de Baker Street y todo eso? —preguntó miss Lemon—. ¡Hombres mayores haciendo el tonto! Pero así son todos. Se vuelven locos por los trenes de juguete. No puedo decir que haya tenido tiempo de leer ninguna de esas historias. Cuando tengo tiempo para leer, lo cual no ocurre a menudo, prefiero otra clase de libros.

Hércules Poirot inclinó la cabeza graciosamente.

—¿Qué le parecería, miss Lemon, si invitara una tarde a su hermana a tomar algo, tal vez el té? Quizá yo pudiera prestarle alguna ayuda.

—Es usted muy amable, monsieur Poirot. Muy amable. Mi hermana tiene todas las tardes libres.

—Entonces mañana, si puede usted arreglarlo.

Y en su momento, el fiel George recibió instrucciones para preparar una merienda de bocadillos simétricos, buñuelos cuadrados con mucha mantequilla y otros complementos de un espléndido té inglés.

Capítulo 2

La hermana de miss Lemon, cuyo nombre era Mrs. Hubbard, tenía un marcado parecido con ella. Era más rolliza, de tez más amarillenta, peinada con más coquetería y algo menos brusca en sus ademanes, pero los ojos que miraban desde aquel rostro redondo y amable tenían la misma mirada astuta que los de miss Lemon detrás de sus gafas.

—Es usted muy amable, monsieur Poirot. Muy amable. Creo que he comido más de lo que debía. Bueno, tal vez otro bocadillo. ¿Té? Bueno, solo media taza.

—Primero merendemos —dijo Poirot— y luego pasaremos a los negocios.

Le sonrió amistosamente y se retorció el bigote mientras Mrs. Hubbard respondía:

—¿Sabe que resulta usted exactamente igual a como lo había imaginado por la descripción de Felicity?

Después de un momento de extrañeza, Poirot comprendió que Felicity era el nombre de la severa miss Lemon, y respondió que no hubiera esperado menos, dada la eficiencia de su secretaria.

—Desde luego —añadió Mrs. Hubbard distraída, cogiendo otro bocadillo—. A Felicity nunca le han interesado los demás. A mí sí. Por eso estoy tan preocupada.

—¿Puede explicarme qué es lo que le preocupa?

—Sí, claro. Sería muy natural que se llevaran dinero, pequeñas sumas: un poco de aquí, otro de allá. Y si se tratara de joyas, lo encontraría lógico. No es que quiera justificarlo, pero sería lógico, un signo de cleptomanía o de mala fe. Pero voy a leerle una lista de los objetos robados y que he anotado en un papel.

Mrs. Hubbard abrió su bolso y sacó una pequeña libreta de notas. Leyó la lista:

Un zapato de noche (de un par nuevo)
Una pulsera (de bisutería)
Un anillo con un brillante (encontrado en un plato de sopa)
Una polvera
Un lápiz de labios
Un estetoscopio
Unos pendientes
Un encendedor
Unos pantalones de franela viejos
Bombillas eléctricas
Una caja de bombones
Una bufanda de seda (que se encontró hecha pedazos)
Una mochila (ídem)
Ácido bórico
Sales de baño
Un libro de cocina

Hércules Poirot inspiró profundamente.

—Curioso —dijo—, y muy muy fascinante.

Estaba embelesado. Miró el rostro severo y ceñudo de miss Lemon y luego el bondadoso y preocupado de Mrs. Hubbard.

—La felicito —le dijo a esta última.

—¿Por qué, monsieur Poirot?

—La felicito por tener un problema tan exclusivo y bonito.

—Para usted tal vez tenga sentido, monsieur Poirot, pero...

—Para mí no lo tiene en absoluto. Me recuerda un juego al que me obligaron a jugar unos jóvenes amigos durante las vacaciones de Navidad. Se llama La Dama de los Tres Cuernos. Cada persona, por turno, dice la siguiente frase: «Fui a París y compré...», agregando algún artículo. El siguiente lo repite añadiendo otro, y el objeto del juego es recordar los artículos en el orden que son enumerados. En algún caso, debo confesar que eran monstruosos y ridículos: una pastilla de jabón, un elefante blanco, una mesa plegable, un pato. La dificultad en recordarlos residía, claro está, en la diversidad de objetos y en que estos no tuvieran relación alguna entre sí, la falta de secuencia. Como en su lista. Y cuando se ha mencionado una docena resulta casi imposible enumerarlos en el orden debido. Cada equivocación se castiga con un cuerno de papel y el participante debe continuar el recitado la vez siguiente diciendo: «Yo, una dama con un cuerno, fui a París», etcétera. Cuando se tienen tres cuernos se pierde el juego y el último que queda es el ganador.

—Estoy segura de que ganó usted, monsieur Poirot —dijo miss Lemon con la fe de una empleada leal.

Poirot se hinchió de gozo.

—Así fue, en efecto. Gané yo. Con los más diversos objetos que pueda usted imaginar, todo gracias al ingenioso truco de organizar una secuencia. Uno se dice mentalmente: «Con una pastilla de jabón lavo la tierra de un gran elefante de mármol blanco que estaba sobre la mesa plegable...», etcétera, etcétera.

—Tal vez pueda hacer lo mismo con esa lista de cosas —comentó Mrs. Hubbard con respeto.

—Sin duda alguna. Una señora con un zapato en el pie derecho se coloca la pulsera en el brazo izquierdo. Luego se pone polvos y se pinta los labios, y al bajar a cenar, se le cae el anillo en la sopa, etcétera. De este modo podría recordar toda su lista, pero no es eso lo que buscamos. ¿Por qué fue robada una colección de objetos tan diversos? ¿Se esconde algún método detrás de todo esto? ¿Alguna idea fija? En primer lugar tenemos un proceso de análisis. Lo primero es estudiar la lista de objetos con sumo cuidado.

Se hizo un silencio mientras Poirot se aplicaba al estudio. Mrs. Hubbard le observaba con la atención de un niño que contempla a un prestidigitador esperando ver aparecer un conejo o un sinfín de cintas de colores. Miss Lemon, sin impresionarse, se dedicó a considerar las características esenciales de su sistema de archivo.

Cuando al fin habló Poirot, Mrs. Hubbard pegó un respingo.

—Lo primero que me sorprende es esto: de todas las cosas desaparecidas, la mayoría son de escaso valor (el de algunas es casi nulo), con la excepción de dos: el estetoscopio y el anillo con un brillante. Dejemos el estetoscopio aparte por ahora. Vamos a concentrarnos en el anillo. Usted dice que era de valor, ¿como cuánto?

—No sabría decirlo exactamente, monsieur Poirot. Era un solitario con un pequeño grupo de diamantes arriba y abajo. Había sido el anillo de boda de la madre de miss Lane, según tengo entendido. La pobre tuvo un enorme disgusto cuando desapareció, y todos nos alegramos cuando fue encontrado aquella misma noche en el plato de sopa de miss Hobhouse. Todos pensamos que se trataba de una broma muy pesada.

—Y eso pudo haber sido. Pero yo considero que el robo y la devolución son significativos. Si desaparecen un lápiz de labios, una polvera o un libro, no es motivo suficiente para llamar a la policía. Pero un valioso anillo de brillantes es distinto. Cabe la posibilidad de que se dé parte a la policía, así que lo devuelven.

—¿Por qué cogerlo si lo iban a devolver luego? —preguntó miss Lemon, frunciendo el entrecejo.

—Por el momento, dejaremos las preguntas —replicó

Poirot—. Ahora estoy ocupado en clasificar estos robos, y he empezado por el anillo. ¿Quién es esa miss Lane a quien le fue robado?

—¿Patricia Lane? Es una joven muy simpática que estudia para licenciarse en Historia, Arqueología o algo por el estilo.

—¿Goza de buena posición?

—Oh, no. Tiene algo de dinero, pero siempre vigila sus gastos. El anillo pertenecía a su madre. Tiene una o dos joyas bonitas, aunque no posee demasiados vestidos nuevos y últimamente ha dejado de fumar.

—¿Cómo es? Descríbamela a su modo.

—Por el color de su piel, yo diría que es mulata. Discreta y educada, pero no tiene mucho espíritu. Es lo que podríamos llamar una..., bueno, una chica muy formal.

—Y la sortija apareció en el plato de miss Hobhouse. ¿Quién es miss Hobhouse?

—¿Valerie Hobhouse? Es una muchacha morena e inteligente que tiene una manera de hablar muy sarcástica. Trabaja en un salón de belleza. El Sabrina Fair, supongo que lo habrá oído nombrar.

—Y esas dos jóvenes, ¿son amigas?

Mrs. Hubbard reflexionó unos instantes.

—Yo diría que sí, aunque no tienen mucho que ver la una con la otra. Patricia se lleva bien con todo el mundo, sin llegar a ser popular. Valerie Hobhouse tiene algunos enemigos por su lengua viperina, pero también tiene sus seguidores, no sé si me comprende.

—Creo que sí.

De modo que Patricia Lane era agradable, aunque aburrida, y Valerie Hobhouse tenía personalidad. Poirot reanudó su estudio de la lista de robos.

—Lo más curioso son las distintas categorías que representan. Hay fruslerías que podrían tentar a una joven vanidosa y falta de dinero: el lápiz de labios, las joyas de bisutería, la polvera, las sales de baño, y tal vez la caja de bombones. Luego tenemos el estetoscopio, un robo más propio de un hombre que sabría dónde venderlo o empeñarlo. ¿De quién era?

—De Mr. Bateson. Un joven corpulento y simpático.

—¿Estudiante de Medicina?

—Sí.

—¿Se enfadó mucho?

—Se puso lívido, monsieur Poirot. Tiene uno de esos temperamentos coléricos. Es capaz de decir las mayores barbaridades, aunque se le pasa pronto. No es de los que se resignan si le roban sus cosas.

—¿Hay alguien que se resigne?

—Pues sí, Mr. Gopal Ram, uno de nuestros estudiantes indios, sonríe suceda lo que suceda. Alza la mano y dice que las posesiones materiales no tienen importancia.

—¿Le han robado alguna cosa a él?

—No.

—¡Ah! ¿A quién pertenecían los pantalones de franela?

—A Mr. McNabb. Eran muy viejos y cualquiera los hubiera tirado, pero Mr. McNabb tiene un considerable apego a sus trajes viejos y nunca tira nada.

—Así que llegamos a las cosas que no parecen dignas de ser robadas: pantalones de franela viejos, bombillas eléctricas, ácido bórico, sales de baño, un libro de cocina. Pueden ser importantes, pero lo más probable es que no lo sean. El ácido bórico tal vez fue cogido por error, alguien pudo haber quitado una bombilla fundida con intención de cambiarla y se olvidó de hacerlo, y el libro de cocina pudo cogerlo alguien prestado y luego no devolverlo. La mujer de la limpieza pudo llevarse los pantalones.

—Tenemos dos asistentas de plena confianza. Estoy segura de que ninguna hubiera hecho algo así sin preguntarlo primero.

—De acuerdo. Luego está el zapato de noche, de un par nuevo. ¿A quién pertenecía?

—A Sally Finch. Es una muchacha norteamericana que estudia aquí con una beca Fulbright.

—¿Está usted segura de que no lo perdió? No puedo imaginar para qué puede nadie querer un zapato desparejado.

—No se extravió, monsieur Poirot. Lo buscamos por todas partes. Miss Finch iba a una fiesta vestida «de etiqueta», como dice ella, en traje de noche diríamos nosotros, y los zapatos le eran imprescindibles. No tiene otro par de zapatos de fiesta.

—Algo que le ocasionaría un trastorno además del disgusto. Tal vez eso tenga algo que ver.

Poirot guardó silencio durante unos minutos y luego continuó:

—Nos quedan otras dos cosas: una mochila hecha pedazos y una bufanda de seda en el mismo estado. Aquí tenemos algo que no denota vanidad, ni provecho, sino una venganza deliberada. ¿De quién era la mochila?

—Casi todos los estudiantes la tienen, todos van a menudo de excursión, ya sabe. Y la mayoría de las mochilas son iguales, las compran en la misma tienda, resulta difícil distinguirlas. Pero parece casi seguro que pertenecía a Leonard Bateson o a Colin McNabb.

—Y la bufanda que también apareció hecha trizas, ¿de quién era?

—De Valerie Hobhouse. Se la regalaron por Navidad. Era de color verde esmeralda y de muy buena calidad.

—De miss Hobhouse, ya veo.

Poirot cerró los ojos. Lo que veía mentalmente era ni más ni menos que un calidoscopio. Trozos de bufandas y mochilas, libros de cocina, lápices de labios, sales de baño, nombres y someros retratos de estudiantes. Todo sin conexión ni forma. Incidentes sin ilación y personas girando en el espacio. Pero Poirot sabía muy bien que, en alguna parte y de algún modo, debía haber un patrón. La cuestión era por dónde empezar.

Abrió los ojos.

—Es un asunto que requiere reflexión, mucha reflexión.

—Oh, estoy segura de ello, monsieur Poirot —asintió Mrs. Hubbard muy seria—. Y no quisiera molestarle.

—No me molesta. Estoy intrigado. Pero, mientras reflexiono, podemos empezar por el lado práctico. Por el zapato, sí, podemos empezar por ahí. ¿Miss Lemon?

—Diga, monsieur Poirot. —Miss Lemon dejó a un lado sus sistemas de archivo, se irguió un poco más y recogió automáticamente su libreta de notas y el lápiz.

—Quizá Mrs. Hubbard pueda darle el compañero del zapato desaparecido. Después vaya a la sección de objetos perdidos en Baker Street. ¿Cuándo desapareció?

Mrs. Hubbard reflexionó unos instantes.

—No lo recuerdo exactamente, monsieur Poirot. Tal vez hará unos dos meses. No puedo precisarlo. Pero Sally recordará la fecha de la fiesta.

—Sí. Bueno... —Poirot se volvió de nuevo a miss Lemon—. No es necesario que precise. Diga que olvidó el zapato en el metro, que es lo más probable, o en un tren de cercanías. O quizá en un autobús. ¿Cuántos pasan por Hickory Road?

—Solo dos, monsieur Poirot.

—Bien. Si no obtiene resultados en Baker Street, pruebe en Scotland Yard y diga que se lo dejó olvidado en un taxi.

—En los baños públicos —le corrigió miss Lemon.

Poirot hizo un ademán.

—Usted sabe más de estas cosas.

—¿Por qué cree usted...? —comenzó a decir Mrs. Hubbard, pero Poirot la interrumpió.

—Primero veamos qué resultados obtenemos. Entonces, si son negativos o positivos, usted y yo, Mrs. Hubbard, volveremos a cambiar impresiones. Me dirá todas esas cosas que es necesario que yo sepa.

—Creo que ya le he dicho todo lo que sé.

—No, no. No estoy de acuerdo. Aquí tenemos reunidos a varios jóvenes de distintos temperamentos y diferente sexo. A ama a B, pero B quiere a C, D y E se odian quizá por causa de A. Es eso lo que necesito saber. La interacción de las emociones humanas. Las peleas, los celos, las amistades, los odios y resentimientos.

—Le aseguro —explicó Mrs. Hubbard, molesta— que no sé nada de eso. Yo no me meto en nada. Me limito a dirigir la residencia y me ocupo de que los servicios funcionen.

—Pero a usted le interesan las personas. Usted misma lo dijo. Le agradan los jóvenes y aceptó este trabajo no porque le interesara económicamente, sino porque la ponía en contacto con problemas humanos. Debe de haber estudiantes que le sean simpáticos y otros no tanto, o tal vez nada. Debe decírmelo. Sí, ¡tiene que decírmelo! Usted está preocupada, y no por lo que ha ocurrido, porque podría haber dado parte a la policía.

—Le aseguro que a Mrs. Nicoletis no le gustaría ver a la policía en la casa —le interrumpió la mujer.

Poirot continuó, sin hacer caso de la interrupción.

—No, usted está preocupada por alguien que, a su juicio, podría ser el responsable o por lo menos estar mezclado en esto. Y, por consiguiente, alguien a quien usted aprecia.

—Vamos, monsieur Poirot.

—Nada de vamos. Y creo que hace bien en preocuparse, porque lo de la bufanda hecha trizas no es agradable. Ni lo de la mochila. En cuanto al resto, parece infantil y, no obstante, no estoy seguro. No. ¡No estoy seguro en absoluto!

Capítulo 3

Mrs. Hubbard subió apresuradamente los escalones de la entrada del 26 de Hickory Road. En el momento que abría la puerta, un joven alto y pelirrojo la siguió.

—Hola, Ma —le dijo, porque era así como Len Bateson solía dirigirse a ella. Era un muchacho simpático con un acento barriobajero y, afortunadamente, libre de todo complejo de inferioridad—. ¿Ha estado callejeando?

—He salido a tomar el té, Mr. Bateson. No me entretenga ahora. Se me hace tarde.

—Hoy he diseccionado un cadáver magnífico —explicó Len—. ¡Estupendo!

—No diga esas cosas tan horribles, muchacho. ¡Un cadáver magnífico! ¡Solo de pensarlo me da náuseas!

Len Bateson se rio de buena gana y en el vestíbulo resonó el eco de sus carcajadas.

—Pues mire que Celia... He ido al dispensario y le he dicho: «He venido a hablarte de un cadáver». Se ha puesto tan blanca como la cera y he creído que iba a desmayarse. ¿Qué le parece eso, mamá Hubbard?

—Que no me extraña. ¡Qué ocurrencia! Probablemente pensaría que se trataba de un cadáver auténtico.

—¿Qué quiere decir «auténtico»? ¿Cómo cree que son los nuestros? ¿Sintéticos?

Un joven delgado de pelo largo y descuidado salió de una habitación a la derecha.

—¡Oh, eres tú! —dijo en tono irascible—. Creía que por lo menos había una partida de hombres. La voz es la de un solo hombre, pero el volumen como de diez reunidos.

—Espero no haberte alterado los nervios.

—No más que de costumbre —replicó Nigel Chapman desapareciendo en la habitación.

—Nuestra delicada flor —dijo Len.

—Vamos, no se peleen —exclamó Mrs. Hubbard—. Me gusta la gente que tiene buen humor y sabe compartirlo.

El hombretón le sonrió con afecto.

—Nigel no me molesta, Ma —replicó.

—Mrs. Hubbard, Mrs. Nicoletis está en su habitación y ha dicho que deseaba verla en cuanto llegara —anunció una joven que estaba bajando la escalera.

Mrs. Hubbard exhaló un suspiro y comenzó a subir la escalera. La joven alta y morena que le había dado el recado se apartó para dejarle paso.

Len Bateson, que en aquel momento se quitaba la gabardina, preguntó:

—¿Qué ocurre, Valerie? ¿Un listado de quejas por nuestro comportamiento?

La joven se encogió de hombros, bajó la escalera y cruzó el vestíbulo.

—Esta casa cada día se parece más a un manicomio —dijo por encima de su hombro, mientras salía por una puerta de la derecha. Se movía con la gracia indolente de las maniquíes profesionales.

El 26 de Hickory Road correspondía en realidad a dos casas, la 24 y la 26. Estaban unidas por las dos plantas bajas, de modo que había un gran salón y un comedor enorme, así como dos guardarropas y un pequeño despacho en la parte de atrás. Dos escaleras independientes conducían a los pisos superiores, que permanecían separados. Las chicas ocupaban los dormitorios de la parte derecha de la casa y los muchachos la de la izquierda, que estaba en el número 24.

Mrs. Hubbard subió la escalera desabrochándose el cuello del abrigo. Volvió a suspirar y se dirigió a las habitaciones de Mrs. Nicoletis.

Llamó a la puerta y entró.

«Otro de sus arrebatos, supongo», musitó para sus adentros.

En el salón de Mrs. Nicoletis hacía muchísimo calor. La gran estufa eléctrica tenía todas las resistencias encendidas y la ventana estaba herméticamente cerrada. Mrs. Nicoletis fumaba en el sofá, rodeada de almohadones de seda y terciopelo sucios y raídos. Era una mujer corpulenta y morena, aún bien parecida, de expresión malhumorada y con unos enormes ojos castaños.

—¡Ah! Es usted —Mrs. Nicoletis lo dijo como si fuera una acusación.

Mrs. Hubbard, haciendo honor a la sangre de los Lemon, no se inmutó.

—Sí, soy yo —replicó con aspereza—. Me han dicho que deseaba usted verme con urgencia.

—Sí, desde luego. Es monstruoso. Ni más ni menos que monstruoso.

—¿Qué es monstruoso?

—¡Estas facturas! ¡Sus cuentas! —Y Mrs. Nicoletis sacó un montón de papeles de debajo de uno de los almohadones con la gracia de un mago profesional—. ¿Con qué estamos alimentando a estos miserables estudiantes? ¿Con *foie gras* y codornices? ¿Es que esto es el Ritz? ¿Quién se ha creído que son?

—Gente joven con buen apetito —replicó Mrs. Hubbard—. Reciben un buen desayuno y una cena abundante: comida sencilla, pero alimenticia. Todo se hace con la máxima economía.

—¿Economía? ¿Se atreve a decirme eso cuando me estoy arruinando?

—Usted saca un beneficio muy considerable de esta residencia, Mrs. Nicoletis. Y para ser estudiantes, pagan una mensualidad bastante cara.

—¿Acaso no tengo la casa siempre llena? ¿Acaso tengo alguna vacante que no hayan solicitado tres veces por anticipado? ¿No me envían estudiantes el Instituto Británico, el servicio de alojamiento de la Universidad de Londres, las embajadas y el Liceo Francés? ¿No hay siempre tres solicitudes para cada plaza?

—Eso es en gran parte porque aquí la comida es buena y abundante. La gente joven debe comer como es debido.

—¡Bah! Estas cifras son escandalosas. Son esa cocinera italiana y su marido. Le roban a usted en la comida.

—Oh, no, Mrs. Nicoletis, no lo hacen. Le aseguro que ningún extranjero puede engañarme.

—Entonces es usted quien me roba a mí.

—No puedo permitirle que me diga esas cosas —replicó Mrs. Hubbard con el tono de una institutriz que se dirige a un niño muy rebelde—. No debe hacerlo y cualquier día le traerá complicaciones.

—¡Ah! —Mrs. Nicoletis arrojó al aire las facturas con un gesto teatral y los papeles cayeron dispersos por el suelo. Mrs. Hubbard se dedicó a recogerlos con expresión severa—. Me saca usted de mis casillas —gritó a su empleada.

—Permítame decirle que enfadarse no es bueno para la salud —contestó Mrs. Hubbard—. Las rabietas son perjudiciales para la presión sanguínea.

—¿Admite usted que estos totales son más elevados que los de la semana pasada?

—Claro que lo son. Estaban de oferta en los Almacenes Lampson y lo he aprovechado. La semana que viene los totales resultarán más bajos que el promedio.

Mrs. Nicoletis la miró ceñuda.

—Siempre encuentra una explicación satisfactoria.

—Ahí tiene. —Mrs. Hubbard depositó las facturas ordenadas encima de la mesa—. ¿Algo más?

—Esa joven norteamericana, Sally Finch, habla de marcharse. No quiero que se vaya. Tiene una beca Fulbright. Atraerá a otros becarios. No debe marcharse.

—¿Por qué razón quiere marcharse?

Mrs. Nicoletis encogió sus monumentales hombros.

—¿Cómo quiere que lo sepa? No me ha dicho la verdad. Puedo asegurarlo. Siempre lo adivino.

Mrs. Hubbard asintió, pensativa. Estaba dispuesta a creer a Mrs. Nicoletis en ese tema.

—Sally no me ha dicho nada.

—¿Hablará usted con ella?

—Sí, desde luego.

—Y si es por los estudiantes de color, los indios y los negros, ya pueden marcharse todos. La barrera racial es muy importante para los norteamericanos, y a mí son los norteamericanos los que me interesan. Los estudiantes de color ¡que se larguen!

Hizo uno de sus gestos melodramáticos.

—No mientras yo continúe al frente —manifestó Mrs. Hubbard en tono frío—. Y de todas formas, está usted equivocada. No existen esos sentimientos entre los estudiantes y, desde luego, Sally no es así. Ella y Mr. Akibombo comen juntos muy a menudo y no hay nadie más negro que él.

—Entonces será por los comunistas. Ya sabe lo que los norteamericanos opinan de los comunistas. Nigel Chapman es un comunista.

—Lo dudo.

—Sí, sí. Debería haber oído lo que decía la otra noche.

—Nigel es capaz de decir cualquier cosa por molestar a la gente. Es muy pesado en este sentido.

—Usted los conoce muy bien. ¡Querida Mrs. Hubbard, es usted maravillosa! Me repito una y otra vez ¿qué haría yo sin Mrs. Hubbard? Tiene usted toda mi confianza. ¡Es una mujer maravillosa, maravillosa!

—Después del rapapolvo, el jabón —murmuró Mrs. Hubbard.

—¿Qué?

—No se preocupe, haré lo que pueda.

Salió de la habitación, cortando en seco un largo discurso de agradecimiento, y se alejó apresuradamente hacia sus habitaciones.

—¡Vaya manera de hacerme perder el tiempo! —murmuró—. Es una mujer insoportable.

Pero tampoco allí encontró paz. Una muchacha se puso de pie al entrar Mrs. Hubbard.

—Quisiera hablar con usted unos minutos, si me lo permite.

—Desde luego, Elizabeth.

Mrs. Hubbard se sintió un tanto sorprendida. Elizabeth Johnston era una joven de las Antillas que estudiaba leyes. Muy trabajadora, ambiciosa y reservada, y siempre le había parecido muy equilibrada y competente. La consideraba una de las mejores estudiantes de la residencia.

Su compostura era normal, pero Mrs. Hubbard captó el ligero temblor de su voz, a pesar de que sus morenas facciones permanecían impasibles.

—¿Ocurre algo?

—Sí. ¿Quiere acompañarme a mi habitación, por favor?

—Espere un momento. —Mrs. Hubbard se quitó el abrigo y los guantes, y luego siguió a la joven hasta su habitación, en el último piso. Elizabeth abrió la puerta y se dirigió a una mesa cerca de la ventana.

—Aquí tiene mis apuntes. Esto representa varios meses de duro esfuerzo. ¿Ve usted lo que han hecho?

Mrs. Hubbard contuvo el aliento.

Habían derramado tinta sobre la mesa y los papeles estaban empapados. Mrs. Hubbard los tocó con la punta del dedo. Todavía estaban húmedos.

Aun sabiendo que la pregunta era una tontería, la hizo.

—No lo habrá hecho usted, ¿verdad?

—No. Lo han hecho mientras yo estaba fuera.

—¿Usted cree que Mrs. Biggs...?

Mrs. Biggs era la encargada de la limpieza de los dormitorios de aquel piso.

—No ha sido Mrs. Biggs. Esta tinta ni siquiera es la mía. Mi tintero está siempre en la estantería junto a mi cama. No lo han tocado. Esto lo ha hecho alguien que ha traído la tinta y la ha vertido adrede.

Mrs. Hubbard estaba asombrada.

—¡Qué acción tan malvada, tan perversa!

—Sí, ha sido una mala acción.

La muchacha habló tranquilamente, pero Mrs. Hubbard no cometió el error de no comprender sus sentimientos.

—Bueno, Elizabeth, apenas sé qué decirle. Estoy sorprendida, asombrada, y haré lo posible por descubrir al autor de una maldad semejante. ¿Tiene usted alguna idea de quién puede haber sido?

—La tinta es verde, ya lo ve usted.

—Sí, ya me he dado cuenta.

—No es muy corriente emplear tinta verde. Y yo sé quién la usa: Nigel Chapman.

—¿Nigel? ¿Usted cree que Nigel haría algo tan mezquino?

—No debería haberlo pensado, no. Pero él escribe sus cartas y sus apuntes con tinta verde.

—Tendré que hacer muchas preguntas. Siento mucho, Elizabeth, que en esta casa haya ocurrido algo así y solo puedo decirle que haré cuanto pueda para que todo quede aclarado.

—Gracias, Mrs. Hubbard. Ya han ocurrido otras cosas, ¿no es cierto?

—Sí, así es.

Mrs. Hubbard salió de la habitación y se dirigió hacia la escalera, pero se detuvo de pronto y, en vez de bajar, fue hasta una puerta al extremo del pasillo. Llamó y la voz de miss Sally Finch la invitó a entrar.

El dormitorio era agradable, y Sally Finch una alegre pelirroja, muy simpática.

Estaba escribiendo y la miró con la mejilla abultada. Le ofreció una caja de caramelos abierta.

—Me los han enviado de casa. Coja los que quiera —dijo con la boca llena.

—Gracias, Sally, ahora no. Estoy muy disgustada. ¿Se ha enterado de lo que le ha ocurrido a Elizabeth Johnston?

—¿Qué le ha sucedido a la Negra Bess?

El apodo era un apelativo cariñoso que había sido aceptado por la propia interesada.

Mrs. Hubbard le refirió lo ocurrido. Sally protestó furiosa y se compadeció de su amiga.

—Esto es una mezquindad. No puedo creer que nadie sea capaz de hacerle algo así a nuestra Bess. Todos la apreciamos. Es discreta, no se mete en nada ni se la ve demasiado, pero estoy segura de que nadie la odia.

—Es lo que yo hubiera dicho.

—Bueno, esto concuerda con las otras cosas. Por eso...

—¿Por eso qué? —preguntó Mrs. Hubbard cuando la joven se detuvo con brusquedad.

—Por eso voy a marcharme —respondió Sally pausadamente—. ¿No se lo ha dicho Mrs. Nick?

—Sí. Y está muy angustiada. Al parecer, no cree que le haya dicho la verdadera razón.

—Desde luego que no lo he hecho. No tenía sentido disgustarla. Ya sabe usted cómo es. Pero ese es el verdadero motivo. No me gusta lo que está ocurriendo aquí. Fue muy extraña la pérdida de mi zapato, y luego lo de la bufanda de Valerie y la mochila de Len. No es tanto que roben cosas. Al fin y al cabo, esos incidentes ocurren: no es agradable, pero diríamos que sería normal. Pero esto otro, no. —Hizo una breve pausa y luego esbozó una mueca—. Mr. Akibombo está asustado. Siempre se muestra muy superior y educado, pero los africanos siguen creyendo en la magia.

—¡Bah! —exclamó Mrs. Hubbard, enojada—. No aguanto las supersticiones. Son cosas de seres vulgares que se ponen en ridículo. Eso es todo.

La boca de Sally se curvó en una sonrisa gatuna.

—Usted ha acentuado lo de *vulgar* —dijo—. Pero yo tengo el presentimiento de que en esta casa hay una persona que no es nada vulgar.

Mrs. Hubbard bajó la escalera y entró en la sala de los estudiantes en la planta baja. Había cuatro personas. Valerie Hobhouse, tumbada en un sofá, con sus elegantes y finos pies colocados sobre uno de los reposabrazos; Nigel Chapman, sentado ante una mesa con un gran libro abierto; Patricia Lane, apoyada contra la repisa de la chimenea, y una joven con impermeable que acababa de llegar y se estaba quitando un gorro de lana cuando entró Mrs. Hubbard. Era una muchacha gordezuela y rubia, de ojos castaños muy separados, cuya boca estaba casi siempre entreabierta, dando la impresión de que vivía en un perpetuo asombro.

Valerie, apartando el cigarrillo de su boca, dijo con voz lánguida:

—Hola, Ma. ¿Ya le ha administrado alguna pócima calmante a esa vieja bruja, nuestra venerable patrona?

—¿Es que estaba en pie de guerra? —preguntó Patricia Lane.

—¡Cómo no! —dijo Valerie, que se rio entre dientes.

—Ha ocurrido algo muy desagradable —anunció Mrs. Hubbard—. Nigel, quiero que me ayude.

—¿Yo, señora? —Nigel la miró cerrando su libro. Su rostro delgado y malicioso se iluminó de pronto con una sonrisa pícara y muy dulce—. ¿Qué he hecho?

—Espero que nada —replicó Mrs. Hubbard—. Pero han derramado tinta deliberadamente y con toda mala intención sobre los apuntes de Elizabeth Johnston, y es tinta verde. Usted escribe con tinta verde, Nigel.

Él la contempló mientras su sonrisa desaparecía.

—Sí, yo utilizo tinta verde.

—Es horrible —exclamó Patricia—. Ojalá no la usaras, Nigel. Siempre te he dicho que es muy afectado por tu parte.

—Me gusta ser afectado —dijo Nigel—. Sería mejor aún la tinta lila. Trataré de conseguirla. Pero ¿habla usted en serio, Ma? Me refiero al sabotaje.

—Sí, hablo en serio. ¿Lo ha hecho usted, Nigel?

—No, claro que no. Me gusta molestar a la gente, pero nunca haría algo tan sucio como eso, y menos a la Negra Bess, que no se mete en nada y podría servir de ejemplo a algunas personas que no menciono. ¿Dónde está mi tintero? Anoche mismo llené la pluma, y suelo dejarlo en aquel estante. —Se levantó y cruzó la habitación—. Tiene usted razón. Está casi vacío. Debería estar prácticamente lleno.

La joven del impermeable soltó una exclamación.

—¡Dios mío! Esto no me gusta.

Nigel se volvió hacia ella con aire acusador.

—¿Tienes una coartada, Celia?

—Yo no he sido, de verdad. Además, he estado todo el día en el hospital. No he podido...

—Vamos, Nigel —intervino miss Hubbard—. No moleste a Celia.

—No veo por qué se sospecha de Nigel. Solo porque hayan utilizado su tinta —intervino Patricia, enfadada.

—Tienes razón, querida —dijo Valerie felinamente—. Defiende a tus cachorros.

—Pero es tan injusto.

—De verdad que yo no tengo nada que ver con esto —protestó Celia, angustiada.

—Nadie dice que lo hicieras tú, pequeña —replicó Valerie, impaciente—. De todas formas —intercambió una mirada con Mrs. Hubbard—, todo esto ya pasa de castaño oscuro, y habrá que hacer algo.

—Sí, algo se hará —dijo con severidad Mrs. Hubbard.

Capítulo 4

—Aquí tiene, monsieur Poirot.

Miss Lemon depositó un pequeño paquete pardo ante el detective. Él le quitó el papel y contempló con admiración un zapato de noche plateado.

—Estaba en Baker Street, tal como usted dijo.

—Eso nos ha evitado molestias. Y también confirma mis ideas.

—Cierto —dijo miss Lemon, que no era nada curiosa por naturaleza. Sin embargo, era muy susceptible a las llamadas del afecto familiar.

—Si no le causa demasiada molestia, monsieur Poirot, he recibido una carta de mi hermana. Se han producido nuevos acontecimientos.

—¿Me permite leerla?

Ella se la entregó y, después de leerla, el detective le dijo a miss Lemon que llamara a su hermana por teléfono. Cuando la secretaria le indicó que había conseguido la comunicación, Poirot se puso al aparato.

—¿Mrs. Hubbard?

—Ah, sí, monsieur Poirot. Ha sido usted muy amable al llamarme tan pronto. En realidad, estaba muy...

Poirot la interrumpió:

—¿Desde dónde me habla?

—Desde la casa, desde luego. Oh, ya sé lo que quiere decir. Estoy en mis habitaciones.

—¿Hay alguna extensión?

—Es esta. El teléfono principal está abajo, en el vestíbulo.

—¿Hay alguien en la casa que pueda escuchar?

—Todos los estudiantes están fuera a esta hora, y la cocinera ha salido a comprar. Geronimo, su marido, apenas entiende el inglés. Está la asistenta, pero es sorda y estoy segura de que no va a entretenerse en escuchar lo que hablamos.

—Muy bien. Entonces puedo hablar con libertad. ¿Por casualidad dan ustedes conferencias o pasan películas por las noches? ¿Entretenimientos de cualquier tipo?

—Tenemos alguna conferencia de vez en cuando. Miss Baltrout, la exploradora, vino no hace mucho con diapositivas en color. Y tuvimos una reunión con las Misiones del Lejano Oriente, aunque me temo que la mayoría de los estudiantes salieron aquella noche.

—Ah. Entonces esta noche anuncie que Hércules Poirot, el jefe de su hermana, atendiendo a sus ruegos, acudirá para exponerles algunos de sus casos más interesantes.

—Es usted muy amable. Pero ¿usted cree que...?

—No es cuestión de creer. ¡Estoy seguro!

Aquella noche, al entrar en el salón, los estudiantes encontraron una nota en el tablero de anuncios.

> *Monsieur Hércules Poirot, el célebre detective privado, ha accedido a dar una charla esta noche sobre la teoría y práctica de la investigación detectivesca, en la que presentará algunos casos criminales famosos.*

Los jóvenes, a medida que iban regresando, hacían sus comentarios.

«¿Quién es ese elemento?» «Nunca lo había oído nombrar.» «¡Oh!, yo sí.» «Hubo un hombre condenado a muerte por el asesinato de una asistenta y él lo libró en el último momento, al descubrir al verdadero culpable.» «Celia disfrutará. Está loca por la psicología criminal.» «Será una lata.» «Será divertido.» «A mí no es que me atraiga, pero no niego que puede resultar interesante interrogar a un hombre que conoce de cerca a los criminales.»

La cena se sirvió a las siete y media, y casi todos los estudiantes estaban ya sentados cuando Mrs. Hubbard bajó de sus habitaciones (donde se le había servido una copa de jerez al distinguido invitado), seguida de un hombre de corta estatura, mayor, con el pelo de un negro sospechoso y un bigote de proporciones extraordinarias que retorcía continuamente.

—Estos son algunos de nuestros estudiantes, monsieur Poirot. Les presento a monsieur Poirot, que va a tener la gentileza de hablar para ustedes después de la cena.

Después de los saludos de rigor, Poirot se sentó al lado de Mrs. Hubbard, y se ocupó de mantener sus formidables bigotes fuera de la excelente sopa minestrone servida por un activo criado italiano.

A la sopa le siguió un plato de espaguetis y albóndigas muy calientes. Fue entonces cuando una joven sentada a la derecha de Poirot le preguntó tímidamente:

—¿De veras la hermana de Mrs. Hubbard trabaja para usted?

—Pues sí. Miss Lemon es mi secretaria desde hace muchos años. Es la mujer más eficiente que existe. Algunas veces me da miedo.

—Oh, ya veo. Me preguntaba si...

—¿Qué se preguntaba, mademoiselle?

Le sonrió con aire paternal mientras la valoraba mentalmente.

«Bonita, preocupada, de mente no demasiado rápida, asustada.»

—¿Puedo saber su nombre y lo que estudia?

—Me llamo Celia Austin y no estudio. Trabajo en la farmacia del Hospital de Santa Catalina.

—Ah, ¿es un trabajo interesante?

—No lo sé, tal vez sí. —Parecía poco convencida.

—¿Y de los otros? ¿Podría decirme algo de ellos? Tenía entendido que esta era una residencia para estudiantes extranjeros, pero la mayoría parecen ingleses.

—Algunos de los extranjeros han salido. Mr. Chandra Lal y Mr. Gopal Ram son indios; y miss Reinjeer, holandesa, y también Mr. Achmed Ali, que es egipcio y muy aficionado a la política.

—¿Y los que están presentes? Hábleme de ellos.

—A la izquierda de miss Hubbard está Nigel Chapman, estudiante de Historia Medieval e Italiano en la Universidad de Londres. Patricia Lane, la que está a su lado y lleva gafas, estudia Arqueología. El pelirrojo es Len Bateson, estudia Medicina. Y la joven morena es Valerie Hobhouse, que trabaja en un salón de belleza. A su lado se sienta Colin McNabb, que está haciendo el doctorado de Psiquiatría.

Hubo un ligero cambio de su voz al describir a Colin. Poirot observó que se había sonrojado, y se dijo para sus adentros: «Vaya, está enamorada y no sabe disimularlo».

También observó que el joven McNabb no la miraba nunca y parecía muy enfrascado en su conversación con una risueña joven pelirroja.

—Es Sally Finch. Norteamericana. Vino aquí con una beca Fulbrigth. Luego sigue Genevieve Maricaud, que estudia inglés, igual que René Halle, a su lado. Esa rubia menuda es Jean Tomlinson. También trabaja en Santa Catalina. Es fisioterapeuta. El negro es Akibombo, viene del África occidental y es muy simpático. Luego sigue Elizabeth Johnston, que es de Jamaica y estudia leyes. Y junto a nosotros y a mi derecha hay dos estudiantes turcos que llegaron hace una semana. Apenas saben nada de inglés.

—Gracias. ¿Y se llevan bien entre ustedes o tienen desavenencias?

La ligereza de su tono restó importancia a sus palabras.

—En realidad estamos demasiado ocupados para pelearnos —respondió Celia—, aunque...

—¿Aunque qué, miss Austin?

—Nigel, el que está al lado de Mrs. Hubbard, disfruta pinchando a la gente y haciéndola enfadar. Y Len Bateson se enfada. Algunas veces se pone furioso, aunque en realidad es un encanto.

—¿Y Colin McNabb se enfada también?

—No. Colin se limita a enarcar las cejas e incluso se divierte.

—¿Y las señoritas se pelean?

—No, nos llevamos muy bien. Genevieve se ofende a veces. Creo que los franceses son muy susceptibles. Oh, me preguntaba si... Perdone.

Celia era la viva imagen de la confusión.

—Yo soy belga —replicó Poirot con aire solemne, y continuó antes de que Celia recobrara el dominio de sí misma—: ¿Qué ha querido decir, miss Austin, con: «Me preguntaba si...»? ¿Qué es lo que se pregunta?

—Nada, nada de particular. Solo que hemos sufrido algunas bromas pesadas últimamente, y pensé que Mrs. Hubbard... Pero en realidad es una tontería. No quise decir nada.

Poirot no insistió. Se volvió hacia Mrs. Hubbard, se enfrascó en una conversación a tres bandas con ella y Nigel Chapman, quien planteó el espinoso tema de que el crimen era una forma de arte creativo y que los enemigos de la sociedad eran los policías que ingresaban en el cuerpo solo para satisfacer su sadismo. A Poirot le divirtió observar que la joven de las gafas y expresión ansiosa que estaba a su lado trataba desesperadamente de explicar sus comentarios casi al mismo tiempo que él los hacía. Nigel, sin embargo, no le hacía el menor caso.

Mrs. Hubbard los miraba con una expresión benevolente y divertida.

—Todos los jóvenes de hoy no piensan más que en política o en psicología —comentó—. En mi juventud éramos mucho más alegres. Bailábamos. Si enrollaran la alfombra de salón tendrían una buena pista y podrían bailar con la música de la radio, pero nunca lo hacen.

Celia rio y dijo intencionadamente:

—Pero tú solías bailar, Nigel. Yo misma bailé contigo una vez, aunque supongo que no lo recuerdas.

—¿Qué tú has bailado conmigo? —exclamó Nigel con incredulidad—. ¿Dónde?

—En Cambridge, en las fiestas de mayo.

—¡Oh, las fiestas de mayo! —Nigel despachó con un ademán las tonterías de la juventud—. Hay que pasar por esa fase de la adolescencia. Por suerte, pasa pronto.

Nigel no tendría mucho más de veinticinco años. Poirot oculto una sonrisa detrás de su bigote.

—Comprenda, Mrs. Hubbard —observó Patricia Lane—: ¡Hay tanto que estudiar! Entre las clases y los apuntes no queda tiempo para nada que no tenga valor real.

—Bueno, querida, solo se es joven una vez —replicó Mrs. Hubbard.

Un pudin de chocolate siguió a los espaguetis y luego pasaron todos al salón, donde había una cafetera para que se sirvieran a placer. Poirot fue invitado a hablar. Los dos turcos se excusaron cortésmente y los demás se sentaron en actitud expectante.

El detective se puso de pie y habló con su aplomo acostumbrado. El sonido de su propia voz le resultaba siempre agradable y, por espacio de tres cuartos de hora, disertó en tono despreocupado y divertido, recordando algunas de sus experiencias con una amena exageración. Si consiguió sugerir, de una manera muy sutil, que tal vez era una especie de charlatán, no se notó demasiado.

—Así que —terminó—, le dije a ese caballero que me recordaba a un fabricante de jabones que conocí en Lieja, que envenenaba poco a poco a su esposa para poder casarse con su hermosa y rubia secretaria. Lo comenté muy por encima, pero en el acto conseguí una reacción. Me entregó el dinero robado que yo acababa de recuperar para él. Se puso muy pálido y vi el miedo reflejado en su rostro. «Donaré este dinero a caridad», le dije. «Haga usted lo que quiera», me respondió. Y entonces añadí con mucha intención: «Le aconsejo que vaya con mucho cuidado, monsieur». Asintió en silencio y, al salir, vi que se secaba la frente. Se había llevado un gran susto y yo le había salvado la vida. Porque, aunque estaba locamente enamorado de su rubia secretaria, ya no intentaría envenenar a su estúpida y antipática esposa. Prevenir es mejor que curar. Preferimos prevenir los crímenes y no esperar a que hayan sido cometidos.

Hizo una cortés reverencia y extendió las manos.

—Bien, ya les he aburrido bastante.

Los estudiantes aplaudieron con entusiasmo. Poirot repitió la advertencia. Cuando ya iba a sentarse, Colin McNabb se quitó la pipa de la boca para decir:

—¡Y ahora tal vez quiera explicarnos para qué ha venido aquí en realidad!

Hubo un silencio momentáneo y luego Patricia exclamó en tono de reproche:

—¡Colin!

—Bueno, todos nos lo imaginamos, ¿no es cierto? —Miró a los demás con desprecio—. Monsieur Poirot nos ha dado una charla muy amena, pero no es a eso a lo que ha venido. Tiene un trabajo. ¿Usted cree realmente que no nos hemos dado cuenta, monsieur Poirot?

—Habla por ti, Colin —dijo Sally.

—Es cierto, ¿no? —replicó el aludido.

Poirot extendió de nuevo las manos en un gracioso gesto de reconocimiento.

—Admito que mi amable anfitriona me ha confiado ciertos sucesos que le han preocupado.

Len Bateson se puso de pie con una expresión truculenta.

—Oiga, ¿qué es todo esto? ¿Es que nos lo atribuye a nosotros?

—¿Ahora te das cuenta, Bateson? —preguntó Nigel en tono zumbón.

Celia soltó una exclamación asustada.

—¡Entonces tenía razón!

—Yo le pedí a monsieur Poirot que nos diera una charla —intervino Mrs. Hubbard con autoridad—, pero también le pedí consejo acerca de ciertas cosas que han ocurrido últimamente. Había que hacer algo y me pareció que la otra alternativa era la policía.

De inmediato se armó un notable alboroto. Genevieve empezó a hablar acaloradamente en francés. «Es una vergüenza, un desastre, avisar a la policía.» Otras voces se unieron a la disensión en favor o en contra. Al final, la voz decidida de Leonard Bateson se elevó por encima de las demás:

—Escuchemos lo que tiene que decir monsieur Poirot acerca de nuestro problema.

—Le he contado a monsieur Poirot todos los hechos —explicó Mrs. Hubbard—. Si desea hacer alguna pregunta, estoy segura de que ninguno de ustedes tendrá inconveniente en contestarla.

Poirot se inclinó cortésmente.

—Gracias. —Y con la habilidad de un ilusionista, sacó un par de zapatos de noche que entregó a Sally Finch.

—¿Son suyos, mademoiselle?

—Sí. ¿Dónde estaba el que había desaparecido?

—En el Departamento de Objetos Perdidos de Baker Street.

—¿Qué le hizo pensar que pudiera estar allí, monsieur Poirot?

—Un simple proceso deductivo. Alguien coge un zapato de su habitación, mademoiselle. ¿Por qué? No será para ponérselo, ni para venderlo. Y puesto que la casa será registrada por todos para tratar de encontrarlo, el zapato debe salir de la casa o ser destruido. Pero no es tan sencillo destruir un zapato. Lo más fácil es tomar un tren o un autobús en las horas de mayor aglomeración y dejar un paquete debajo de un asiento. Eso fue lo que supuse y resultó ser cierto, de modo que supe que pisaba terreno firme: el zapato fue robado, como dijo un poeta, «para fastidiar, porque sabe que eso molesta».

Valerie soltó una breve carcajada.

—Esto te señala de forma infalible, querido Nigel.

—Si el zapato te calza bien, úsalo —replicó Nigel, con un tono burlón.

—Tonterías —replicó Sally—. Nigel no cogió mi zapato.

—Claro que no —intervino Patricia, enojada—. Es una idea absurda.

—Yo no la consideraría absurda —respondió Nigel—. Aunque yo no lo hice, como no dudo que diremos todos.

Fue como si Poirot hubiera estado esperando aquellas palabras como un actor que aguarda su entrada. Su mirada se posó pensativa en el rostro enrojecido de Len Bateson y luego miró a cada uno de los estudiantes. Levantó las manos en un gesto teatral.

—Mi posición es delicada. Aquí soy un invitado. He venido atendiendo a una invitación de Mrs. Hubbard, a pasar una agradable velada, eso es todo. Claro que además he devuelto un bonito par de zapatos a mademoiselle. En cuanto a lo demás... —hizo una pausa—, ¿monsieur Bateson? Sí, Bateson, me ha pedido mi opinión sobre este problema. Pero sería una impertinencia por mi parte hablar, a menos que fuera invitado no por una sola persona, sino por todos ustedes.

Mr. Akibombo movió su negra y rizada cabeza en un gesto de vigoroso asentimiento.

—Ese es un procedimiento muy correcto. El verdadero procedimiento democrático es someter el caso a la votación de todos los presentes.

La voz de Sally se alzó impaciente.

—Tonterías —dijo—. Esto es una reunión de amigos. Escuchemos los consejos de monsieur Poirot sin más complicaciones.

—No puedo estar más de acuerdo contigo, Sally —manifestó Nigel.

Poirot inclinó la cabeza.

—Muy bien. Puesto que todos ustedes me lo piden, les diré que mi consejo es muy sencillo. Mrs. Hubbard, o, mejor dicho, Mrs. Nicoletis, debería llamar inmediatamente a la policía. No hay tiempo que perder.

Capítulo 5

No cabe duda de que la declaración de Poirot fue inesperada. No originó protestas ni comentarios, sino un silencio repentino y molesto.

Mrs. Hubbard aprovechó aquella parálisis momentánea para llevarse al detective a sus habitaciones particulares, después de despedirse de todos con un rápido saludo.

Encendió la luz, cerró la puerta e invitó a Poirot a que ocupara la butaca junto a la chimenea. Su rostro afable expresaba duda y ansiedad. Le ofreció un cigarrillo, que el detective rehusó explicando que prefería los suyos, que a su vez le ofreció. Pero ella los rechazó diciendo: «No fumo, monsieur Poirot». Y luego, después de sentarse, comentó tras un momento de vacilación:

—Me parece que tiene usted razón, monsieur Poirot. Tal vez deberíamos avisar a la policía, especialmente después de este desagradable episodio de la tinta. Pero habría preferido que no lo dijera así de sopetón.

—Ah —respondió Poirot encendiendo uno de sus diminutos cigarrillos y contemplando las volutas de humo—. ¿Usted cree que debería haber disimulado?

—Supongo que es aconsejable ser sinceros y francos por encima de todo, pero me parece que habría sido mejor ser discretos y pedir que enviaran a un agente, a quien se lo hubiésemos explicado todo en privado. Lo que quiero decir es que quienquiera que haya estado haciendo esas estupideces, ahora ya está advertido.

—Tal vez sí.

—Yo diría más bien que eso es seguro —replicó Mrs. Hubbard con cierta brusquedad—. ¡No hay tal vez que valga! Incluso si es uno de los criados o un estudiante que no estaban aquí esta noche, la noticia llegará a sus oídos. Es lo que ocurre siempre.

—Cierto. Es lo que ocurre siempre.

—Y además, está Mrs. Nicoletis. En realidad no sé cuál será su actitud. Con ella nunca se sabe.

—Será interesante descubrirlo.

—Desde luego, no podemos hablar con la policía hasta que ella nos autorice. Oh, ¿qué ocurre ahora?

Había sonado una llamada enérgica en la puerta. Se repitió y, casi antes de que Mrs. Hubbard dijera «Adelante» en tono irritado, se abrió la puerta y Colin McNabb entró con la pipa entre los dientes y el entrecejo fruncido.

Se quitó la pipa de la boca y, cerrando la puerta a sus espaldas, dijo:

—Ustedes me perdonarán, pero estaba impaciente por hablar con monsieur Poirot.

—¿Conmigo? —El belga lo miró con aire inocente y sorprendido.

—Sí, con usted —repitió Colin de modo desabrido. Cogió una silla y se sentó frente al detective.

—Esta noche nos ha dado una charla interesante —comentó con aire indulgente—. No niego que es usted un hombre de larga y variada experiencia, pero si me lo permite, le diré que sus métodos y sus ideas están pasados de moda.

—Por favor, Colin —dijo Mrs. Hubbard, enrojeciendo—. Es usted muy ofensivo.

—No es mi intención ofender, pero tengo que aclarar

las cosas. Crimen y castigo, monsieur Poirot, hasta ahí se extiende su horizonte.

—Me parece una consecuencia natural —replicó el detective.

—Usted toma la ley por su lado más riguroso, y lo que es más, la ley en sus aspectos más anticuados. Hoy en día, incluso la ley tiene que adaptarse a las teorías más nuevas y modernas de las causas del crimen. Lo importante son las causas, monsieur Poirot.

—En eso —exclamó Poirot—, y empleando una de sus modernas frases, no puedo estar más de acuerdo con usted.

—Entonces tendrá que considerar la causa de lo que ha estado ocurriendo en esta casa y averiguar por qué fueron hechas estas cosas.

—Sigo estando de acuerdo con usted. Sí, eso es lo más importante.

—Porque siempre existe una razón, que quizá, para el interesado, es una muy buena razón.

Al llegar a este punto, Mrs. Hubbard, incapaz de contenerse, exclamó en tono crispado:

—¡Tonterías!

—Se equivoca —afirmó Colin, volviéndose ligeramente hacia ella—. Hay que tener en cuenta el fondo psicológico.

—¡Qué disparate! —replicó Mrs. Hubbard—. ¡No aguanto esta clase de tonterías!

—Eso es porque no sabe usted nada del tema —le reprochó Colin de forma grave. Miró otra vez a Poirot—. A mí me interesan estos temas. En la actualidad estoy siguiendo un curso de Psiquiatría y Psicología para licenciados. Nos encontramos con los casos más asombrosos y complicados, y lo que quiero resaltar, monsieur Poirot, es que no debemos despreocuparnos del criminal aplicando la teoría del pecado criminal, o la voluntaria violación de las leyes de un país. Tiene que comprender la raíz del problema si pretende curar a un joven delincuente. Estas ideas eran desconocidas o no se consideraban en sus tiempos, y no me cabe duda de que le resultarán difíciles de aceptar.

—Un robo es un robo —intervino Mrs. Hubbard obstinadamente.

Colin frunció el entrecejo con impaciencia.

—Mis ideas serán sin duda anticuadas —dijo Poirot con humildad—, pero estoy dispuesto a escucharle, Mr. McNabb.

Colin parecía complacido.

—Eso está muy bien dicho, monsieur Poirot. Ahora trataré de aclararle este asunto empleando términos sencillos.

—Gracias —replicó monsieur Poirot.

—Empezaré por el par de zapatos que le ha devuelto a Sally Finch. Como usted recordará, solo robaron uno. Solo uno.

—Recuerdo que me sorprendió el detalle.

Colin McNabb se inclinó hacia delante y su rostro austero, aunque bien parecido, se iluminó por el interés.

—Ah, pero usted no vio su significado. Es uno de los ejemplos más bonitos y satisfactorios que uno puede desear. Nos hallamos claramente ante el complejo de Cenicienta. Tal vez conozca usted el cuento de Cenicienta.

—De origen francés, *mais oui*.

—Cenicienta, la sirvienta sin sueldo, se queda sentada junto al hogar mientras sus hermanastras, con sus mejores galas, van al baile que da el príncipe. Un hada madrina envía también a Cenicienta a la fiesta y, al dar la medianoche, su vestido se convierte en harapos. Ella escapa apresuradamente y pierde uno de sus zapatos. De modo que aquí tenemos una mentalidad que se compara a sí misma con Cenicienta (inconscientemente, por descontado). Tenemos un complejo de inferioridad, de envidia y de frustración. La muchacha roba un zapato. ¿Por qué?

—¿Una muchacha?

—Naturalmente. Eso está clarísimo para la inteligencia menos despejada —contestó Colin con aire reprobador.

—¡Por favor, Colin! —exclamó Mrs. Hubbard.

—Continúe, se lo ruego —dijo Poirot de manera cortés.

—Posiblemente ella no sabe por qué lo hace, pero el deseo interior es evidente. Quiere ser la princesa, ser reconocida por el príncipe y reclamada por él. Otro factor significativo: el zapato robado pertenece a una joven atractiva que va a asistir a un baile.

La pipa de Colin se había apagado hacía rato y ahora la blandía con creciente entusiasmo.

—Y ahora consideremos algunos de los otros sucesos. La desaparición de una serie de objetos bonitos, todos ellos relacionados con el atractivo femenino. Una polvera, un lápiz de labios, unos pendientes, una pulsera, una sortija; aquí hay un doble significado. La chica quiere llamar la atención. Desea, incluso, ser castigada. Ninguno de esos objetos tiene entidad como para ser calificado como un robo normal. No es el valor lo que interesa. Es lo mismo que hacen las mujeres ricas cuando van a las tiendas y roban cosas que podrían pagar perfectamente.

—Tonterías —dijo Mrs. Hubbard de manera belicosa—. Algunas personas son unas ladronas, y no hay que darle más vueltas.

—No obstante, entre los objetos robados había un brillante de cierto valor —señaló Poirot, haciendo caso omiso de la intervención de Mrs. Hubbard.

—Que fue devuelto.

—Y sin duda alguna, Mr. McNabb, no me dirá usted que un estetoscopio es un elemento femenino.

—Eso tiene un significado más profundo. Las mujeres que consideran insuficiente su atractivo pueden encontrar una compensación en el estudio de una carrera.

—¿Y el libro de cocina?

—Un símbolo de la agradable vida hogareña: el esposo y la familia.

—¿Y el ácido bórico?

—Mi querido monsieur Poirot —exclamó Colin irritado—. ¡Nadie robaría ácido bórico! ¿Para qué?

—Eso es lo que yo me he preguntado. Debo confesar, Mr. McNabb, que parece usted tener respuesta para todo. Explíqueme entonces el significado de la desaparición de unos pantalones de franela viejos que, según tengo entendido, eran suyos.

Por primera vez Colin pareció desconcertado. Carraspeó y enrojeció como la grana.

—Podría explicarlo, pero sería bastante complicado y, tal vez, bastante embarazoso.

—Ah, no quiere que me ruborice.

Poirot se inclinó hacia delante bruscamente y dio una palmada en la rodilla del joven.

—Y la tinta vertida sobre los apuntes de otra estudiante, la bufanda de seda hecha jirones. ¿No le preocupan todas esas cosas?

La complaciente seguridad de Colin sufrió un cambio repentino.

—Sí. Créame que sí. Eso es serio. Ella debería ser sometida a tratamiento de inmediato. Pero a un tratamiento médico, esa es la cuestión. No es un caso para la policía. La pobre está hecha un lío. Si yo...

Poirot le interrumpió.

—¿Entonces sabe usted quién es?

—Tengo mis sospechas.

Poirot murmuró con el aire de quien está resumiendo:

—Una joven que no tiene éxito entre el otro sexo. Una joven tímida y afectuosa. Una muchacha de reacciones algo lentas, que se siente frustrada y solitaria. Una chica...

Llamaron a la puerta. Poirot se interrumpió. Volvieron a llamar.

—Adelante —dijo Mrs. Hubbard.

Se abrió la puerta para dar paso a Celia Austin.

—¡Ah! —exclamó Poirot con una inclinación de cabeza—. Precisamente, miss Celia Austin.

Celia miró a Colin con ojos angustiosos.

—No sabía que estuvieras aquí —dijo conteniendo el aliento—. Venía... venía a...

Inspiró con fuerza y corrió hacia Mrs. Hubbard.

—Por favor, no avise a la policía. He sido yo la que ha cogido esas cosas. No sé por qué. No puedo imaginarlo. Yo no quería. Sentí un impulso extraño. —Se volvió hacia Colin—. Ahora que ya sabes cómo soy, supongo que no volverás a dirigirme la palabra nunca más. Sé que es horrible.

—Oh, nada de eso —exclamó Colin con voz cálida y amistosa—. Estás un poco confundida, nada más. Es solo una especie de trastorno que has sufrido por no ver las cosas con claridad. Si confías en mí, Celia, pronto te pondrás bien.

—Oh, Colin, ¿de veras?

Celia lo miró con evidente adoración.

—¡Estaba tan terriblemente preocupada!

Él la cogió de la mano con el aire de un abuelo que consuela a su nieta.

—Bueno, no necesitas preocuparte más. —Se puso de pie, apoyó la mano de Celia en su brazo y miró con aire severo a Mrs. Hubbard.

—Espero que ahora se olvidará de esa tontería de llamar a la policía. No se ha robado nada de valor y Celia devolverá todo lo sustraído.

—No puedo devolver la pulsera ni la polvera —confesó Celia, inquieta—. Los tiré por una alcantarilla. Pero compraré otros nuevos.

—¿Y el estetoscopio? —preguntó Poirot—. ¿Dónde lo dejó?

Celia enrojeció.

—Yo no lo cogí. ¿Para qué iba a querer un estetoscopio?

—Su rubor se acentuó—. Ni tampoco fui yo quien vertió la tinta sobre los apuntes de Elizabeth. Yo nunca hubiera hecho algo tan malvado.

—No obstante, usted hizo pedazos la bufanda de miss Hobhouse, mademoiselle.

—Eso fue distinto. Quiero decir que a Valerie no le importaba.

—¿Y la mochila?

—Oh, yo no la destrocé. Eso fue un ataque de rabia.

Poirot cogió la lista que había copiado de la libreta de Mrs. Hubbard.

—Dígame, y esta vez procure decir la verdad: ¿de la desaparición de qué cosas es o no usted responsable?

Celia miró la lista y su respuesta no se hizo esperar.

—No sé nada de la mochila, de las bombillas, del ácido bórico, de las sales de baño y, en cuanto al anillo, fue solo una equivocación. Cuando me di cuenta de que era valioso, lo devolví.

—Ya veo.

—Porque yo no quería robar. Solo...

—¿Solo qué?

En los ojos de Celia apareció una mirada cautelosa.

—No lo sé, la verdad. Estoy confundida.

Intervino Colin con tono imperioso.

—Le agradeceré que no la presione. Le prometo que no reincidirá en este asunto y, desde ahora, me hago responsable de ella.

—¡Oh, Colin, qué bueno eres conmigo!

—Me gustaría que me contaras muchas cosas de ti, Celia. De tu infancia, por ejemplo. ¿Se llevaban bien tu padre y tu madre?

—Oh, no, era horrible. En casa...

—Exacto. Y...

Mrs. Hubbard intervino con voz autoritaria.

—¡Ya es suficiente! Celia, me alegro de que haya confesado. Ha causado usted muchas preocupaciones e inquietudes, y debería avergonzarse de sí misma. Pero le diré algo: acepto su palabra de que no vertió deliberadamente la tinta sobre los apuntes de Elizabeth. No la creo capaz de una cosa así. Ahora váyanse los dos. Ya les he visto bastante por esta noche.

En cuanto la puerta se cerró tras ellos, miss Hubbard exhaló un profundo suspiro.

—Bueno, ¿qué le parece?

—Creo que hemos asistido a una escena de amor al estilo moderno —comentó Poirot, divertido.

Mrs. Hubbard lanzó una exclamación desaprobadora.

—*Autres temps, autres mœurs* —murmuró Poirot—. En mis tiempos, los jóvenes prestaban a las muchachas libros teosóficos o discutían *El pájaro azul* de Maeterlinck. Todo eran sentimientos e ideales elevados. Hoy en día son las vidas desequilibradas y los complejos los que unen a un hombre y una mujer.

—Eso son tonterías —dijo Mrs. Hubbard.

—No, todo no son tonterías —discrepó Poirot—. En el fondo los principios son sensatos, pero cuando eres un investigador joven y entusiasta como Colin, no ves más allá de los complejos y la desdichada vida familiar de la víctima.

—El padre de Celia murió cuando ella tenía cuatro años —explicó Mrs. Hubbard—. Y tuvo una niñez muy agradable, con una madre buena, aunque estúpida.

—¡Ah, pero es lo bastante lista para no decírselo al joven McNabb! Le dirá lo que él desea oír. Está muy enamorada.

—¿Cree usted en todas estas tonterías, monsieur Poirot?

—No creo que Celia tenga complejo de Cenicienta ni que robara sin saber lo que hacía. Creo que corrió el riesgo de robar fruslerías con objeto de atraer la atención del vehemente Colin McNabb, algo que ha conseguido. De haber continuado siendo una muchacha vulgar y tímida, quizá él nunca la hubiera mirado. En mi opinión, una chica tiene derecho a poner en práctica recursos desesperados para pescar a un hombre.

—No la hubiera creído capaz de tramar algo así —replicó Mrs. Hubbard.

Poirot no contestó, frunció el entrecejo mientras Mrs. Hubbard continuaba:

—¡Así que todo ha sido una tempestad en un vaso de agua! Le pido perdón, monsieur Poirot, por haberle hecho perder el tiempo en un asunto tan trivial. De todas formas, todo está bien si acaba bien.

—No, no. —Poirot meneó la cabeza—. No creo que haya terminado todavía. Hemos aclarado aquello que tapaba el problema principal, pero hay cosas que todavía no tienen explicación y tengo la impresión de que aquí hay algo serio, verdaderamente serio.

—Oh, monsieur Poirot, ¿eso cree usted?

—Esa es mi impresión. Me pregunto, madame, si podría hablar con miss Patricia Lane. Me gustaría ver el anillo que le robaron.

—Por supuesto, monsieur Poirot. Iré abajo y le diré que suba. Quiero hablar con Len Bateson de cierto asunto.

Patricia Lane acudió poco después. En su rostro se reflejaba una expresión de curiosidad.

—Siento molestarla, miss Lane.

—No tiene importancia. No estaba ocupada. Mrs. Hubbard me ha dicho que desea usted ver mi anillo. —Se lo quitó del dedo y se lo entregó—. Es un brillante bastante grande, pero desde luego la montura es anticuada. Era el anillo de prometida de mi madre.

Poirot, que lo estaba examinando, asintió.

—¿Vive aún su madre?

—No. Mis padres murieron.

—¡Qué pena!

—Sí. Los dos eran muy buenas personas, aunque nunca estuve muy unida a ellos. Después una lamenta estas cosas. Mi madre quería una hija hermosa y frívola, aficionada a los vestidos y a las fiestas. Tuvo una considerable decepción cuando yo decidí estudiar Arqueología.

—¿Siempre ha sido usted tan seria?

—Creo que sí. La vida es muy corta y hay que hacer algo que merezca la pena.

Poirot la contempló, pensativo.

Patricia Lane debía de haber cumplido los treinta, y fuera de un ligero toque de carmín en los labios, aplicado con descuido, no iba maquillada. Llevaba el pelo peinado hacia atrás sin la menor gracia y sus ojos azules miraban seriamente a través de los cristales de unas gafas.

«No tiene el menor atractivo, *bon Dieu* —se dijo el detective con pesar para sus adentros—. ¡Y sus ropas! Ni una zarrapastrosa se vestiría así.»

Poirot la desaprobaba. La voz monótona y bien educada de Patricia se le hacía pesada al oído.

«Es inteligente y culta, y cada año se irá volviendo más cargante. Antiguamente... —Su memoria volvió por un momento a recordar a la condesa Vera Rossakoff—. ¡Qué exótico esplendor tenía aun en la decadencia! Estas muchachas de hoy en día... Pero eso es porque me estoy haciendo viejo. Incluso esta joven excelente puede parecerle una auténtica Venus a algún hombre. Aunque lo dudo», se dijo.

Patricia estaba diciendo:

—Estoy muy sorprendida por lo que le ha ocurrido a Bess, a miss Johnston. Utilizar la tinta verde parece un intento deliberado de culpar a Nigel. Pero le aseguro, monsieur Poirot, que Nigel no haría nunca algo tan abominable.

—Ah. —Poirot la miró con más interés. Ella había enrojecido y parecía ansiosa.

—No es fácil comprender a Nigel —añadió la joven con la misma pasión—. Ha tenido una niñez muy difícil.

—¡*Mon Dieu*, otra más!

—¿Cómo dice?

—Nada. Decía usted que...

—Decía que Nigel siempre ha sido difícil. Tiende a rebelarse contra cualquier autoridad. Es muy inteligente, de mente brillante, pero debo admitir que algunas veces su comportamiento no resulta acertado. Es despectivo, ¿comprende? Y demasiado presuntuoso para explicarse o defenderse. Incluso si todos creyeran que él vertió la tinta, no lo negaría y se limitaría a decir: «Que crean lo que quieran». Y esa actitud es una tontería.

—Desde luego, puede ser mal interpretada.

—Creo que es orgullo, ya que siempre ha sido un incomprendido.

—¿Hace muchos años que lo conoce?

—No, hará cosa de un año. Nos conocimos en un viaje por los castillos del Loira. Cogió una gripe que degeneró en neumonía y yo lo cuidé durante toda la enfermedad. Es muy delicado, y no cuida lo más mínimo su salud. En ciertos aspectos, a pesar de ser tan independiente, necesita que lo cuiden como a un chiquillo. En realidad, necesita a alguien que se encargue de él.

Poirot suspiró. De pronto, se sintió muy cansado del amor. Primero Celia con sus miradas de adoración. Y ahora Patricia con la vehemencia de una madona. Admitía que debía haber amor y que la juventud tiene que conocerse y aparejarse, pero, para él, Poirot, aquello, a Dios gracias, era una etapa superada. Se puso de pie.

—¿Me permite que me quede con su anillo, señorita? Se lo devolveré mañana sin falta.

—Por supuesto, si es su deseo —respondió Patricia, sorprendida.

—Es usted muy amable. Y por favor, mademoiselle, tenga cuidado.

—¿Cuidado? ¿Cuidado con qué?

—Ojalá lo supiera —replicó Hércules Poirot.

Todavía estaba preocupado.

Capítulo 6

El día siguiente resultó exasperante para Mrs. Hubbard en todos los aspectos. Se había despertado con una considerable sensación de alivio. La inquietante duda sobre los últimos acontecimientos se había aclarado al fin. Una joven tonta que había querido comportarse según el estilo moderno (que Mrs. Hubbard no soportaba) había sido la responsable. De ahora en adelante volvería a reinar el orden.

Cuando bajó a desayunar, reconfortada por esta seguridad, Mrs. Hubbard vio amenazada la tranquilidad recuperada. Los estudiantes habían escogido aquella mañana para mostrarse especialmente cargantes, cada uno a su manera.

Mr. Chandra Lal, que se había enterado del sabotaje de los apuntes de Elizabeth, estaba muy excitado y charlatán.

—Es la opresión —exclamó—. La opresión deliberada de las razas nativas. Desprecio y prejuicios, prejuicios raciales. Aquí tenemos un ejemplo clarísimo.

—Vamos, Mr. Chandra Lal —replicó Mrs. Hubbard, tajante—. No tiene usted derecho a decir eso. Nadie sabe quién lo hizo ni por qué.

—Pero, Mrs. Hubbard, creía que Celia había ido a verla y lo había confesado todo —dijo Jean Tomlinson—. Yo lo consideré magnífico por su parte. Todos debemos ser muy amables con ella.

—¿Es que tienes que ser siempre tan asquerosamente compasiva, Jean? —preguntó Valerie Hobhouse, enfadada.

—Creo que eres muy poco amable al decir eso.

—Confesar —intervino Nigel estremeciéndose—. ¡Qué término más repulsivo!

—No veo por qué. El grupo de Oxford lo emplea y...

—Por el amor de Dios, ¿es que tenemos que oír hablar del grupo de Oxford hasta en el desayuno?

—¿Qué ocurre, Ma? ¿Dice que fue Celia la que cogió esas cosas? ¿Por eso no baja a desayunar?

—Por favor, no comprendo nada —dijo Mr. Akibombo.

Nadie se lo aclaró. Todos estaban demasiado ocupados en hacer sus propias preguntas y comentarios.

—Pobre chica —manifestó Len Bateson—. ¿Es que andaba algo apurada de dinero?

—A mí no me sorprende —dijo Sally despacio—. Siempre he tenido la impresión...

—¿Estás diciendo que fue Celia la que vertió la tinta en mis apuntes? —Elizabeth Johnston le miraba incrédula—. Me parece absurdo e increíble.

—Celia no volcó la tinta sobre su trabajo, señorita —intervino Mrs. Hubbard—. Y quisiera que dejaran de discutir sobre esto. Ya se lo explicaré todo tranquilamente más tarde, pero...

—Pero anoche Jean estaba escuchando detrás de la puerta.

—No estaba escuchando, solo estaba...

—Vamos, Bess —intervino Nigel—. Tú sabes muy bien quién volcó el tintero. Yo, el malo de Nigel, cogí mi frasquito de tinta verde y la vertí sobre los apuntes.

—No es cierto. ¡Estás mintiendo! ¡Oh, Nigel! ¿Cómo puedes ser tan bruto?

—Trato de ser noble y protegerte, Pat. ¿Quién cogió mi tintero ayer por la mañana? Fuiste tú.

—Por favor, no entiendo nada —insistió Akibombo.

—Ni quieres entenderlo —le dijo Sally—. Yo en tu lugar no me metería.

Mr. Chandra Lal se puso de pie.

—¿Y después se preguntan por qué existen los Mau Mau o por qué Egipto reclama el canal de Suez?

—¡Maldita sea! —estalló Nigel, estrellando su taza contra el plato—. Primero el grupo de Oxford y ahora política. ¡A la hora del desayuno! ¡Me marcho!

Apartó la silla violentamente y abandonó la habitación.

—Sopla un aire muy frío. Ponte el abrigo —le gritó Patricia corriendo tras él.

—Clo, clo, clo —Valerie remedó el cloqueo de las gallinas—. No tardará en echar plumas y mover las alas.

Genevieve, la joven francesa, cuyo inglés no era todavía lo bastante bueno como para comprender las frases rápidas, había estado escuchando las explicaciones que musitaba a su oído su amigo René. Ahora se puso a hablar en francés a toda prisa mientras su voz se iba elevando de tono.

—*Comment donc? C'est cette petite qui m'a volé mon compact? Ah, par exemple! J'irai à la police. Je ne supporterai pas une pareille...*[1]

Colin McNabb, que llevaba algún tiempo intentando hacerse oír, aunque su tono de superioridad se perdía entre los gritos de los demás, abandonó su actitud y descargó un puñetazo contra la mesa. Los demás se callaron en el acto. El frasco de mermelada cayó al suelo y se hizo añicos.

—Callaos todos y dejadme hablar. ¡Nunca había visto tanta ignorancia y falta de caridad! ¿Es que ninguno de vosotros tiene la menor noción de psicología? Os aseguro que esa chica no tiene la culpa. Ha sufrido una severa crisis emocional y necesita ser tratada con la mayor simpatía y cuidado o, de lo contrario, puede quedar afectada para

1. «¿Cómo dice? ¿Ha sido esa jovencita la que me ha robado mi polvera? Ah, ni hablar. Yo iré a la policía. No aguantaré algo así.» *(N. del T.)*

toda la vida. Os lo advierto: lo que ella necesita es mucha comprensión.

—Pero, al fin y al cabo —replicó Jean con voz clara y mojigata—, aunque estoy de acuerdo contigo en lo de ser amable, no podemos perdonar ciertas cosas, ¿no te parece? Me refiero a los robos.

—Robos —repitió Colin—. ¡Si eso no fue robar! ¡Bah! Me sacáis de quicio.

—Es un caso interesante, ¿verdad, Colin? —dijo Valerie con una sonrisa.

—Para quien le interesan los procesos mentales, sí.

—Claro que a mí no me quitó nada —empezó a decir Jean—, pero creo que...

—No, a ti no te quitó nada —replicó Colin, volviéndose hacia ella con expresión agria—. Y si tuvieras la más ligera idea de lo que eso significa, no estarías tan satisfecha.

—La verdad, no comprendo...

—Oh, vamos, Jean —intervino Len Bateson—. Deja ya de discutir. Voy a llegar tarde y tú también.

Los dos jóvenes corrieron hacia la puerta.

—Decidle a Celia que se anime —añadió Len por encima del hombro mientras salían.

—Yo quisiera hacer una protesta formal —dijo Mr. Chandra Lal—. Me quitaron el ácido bórico, que es muy necesario para mis ojos fatigados por el estudio.

—Usted también va a llegar tarde, Mr. Chandra Lal —señaló Mrs. Hubbard con decisión.

—Mi profesor no suele ser muy puntual —afirmó Chandra Lal con voz lúgubre mientras se dirigía hacia la puerta—. Y también se muestra irritado y poco razonable cuando le hago demasiadas preguntas.

—*Mais il faut qu'elle me le rende, ce compact*[2] —dijo Genevieve.

2. «Pero tiene que devolverme mi polvera.» *(N. del T.)*

—Tienes que hablar inglés, Genevieve. Nunca aprenderás si hablas francés cada vez que te excitas. La cena del domingo entra en la presente semana y todavía no me la has pagado.

—¡Ah!, ahora no tengo aquí el bolso. Esta noche. *Viens, René, nous serons en retard.*[3]

—Por favor —rogó Mr. Akibombo mirando a su alrededor con aire suplicante—. No entiendo nada.

—Vamos, Mr. Akibombo —le dijo Sally—. Yo se lo contaré todo camino del Instituto.

Le hizo un gesto de aliento a Mrs. Hubbard y arrastró al asombrado Mr. Akibombo fuera de la habitación.

—Dios mío —exclamó Mrs. Hubbard suspirando profundamente—. ¿Por qué aceptaría este empleo?

Valerie, que era la única que quedaba, le sonrió con afecto.

—No se preocupe, Ma. ¡Lo bueno es que se haya descubierto el asunto de los robos! Todo el mundo empezaba a ponerse nervioso.

—Debo confesar que me ha sorprendido.

—¿Que haya sido Celia?

—Sí. ¿A usted no?

Valerie expuso con expresión ausente:

—Yo diría que era algo obvio.

—¿Es que ya se lo esperaba?

—Hubo una o dos cosas que me hicieron sospechar. De todas formas, ahora tiene a Colin donde quería.

—Sí, pero no puedo dejar de pensar que hizo mal.

—No puede conquistarse a un hombre con un revólver —rio Valerie—. Pero un toque de cleptomanía no está mal. No se preocupe, Ma. Y, por Dios bendito, que Celia le devuelva la polvera a Genevieve, o no volveremos a tener paz durante las comidas.

3. «Ven, René, vamos a llegar tarde.» *(N. del T.)*

Mrs. Hubbard exhaló un profundo suspiro.

—Nigel ha destrozado su plato y el tarro de mermelada está roto.

—Menuda mañana más infernal, ¿verdad? —comentó Valerie. Salió, y Mrs. Hubbard le oyó decir alegremente en el vestíbulo—: Buenos días, Celia. No hay moros en la costa. Todo se sabe y todo se perdonará por orden de la piadosa Jean. Y en cuanto a Colin, ha estado rugiendo como un león en tu defensa.

Celia entró en el comedor con los ojos enrojecidos por el llanto.

—Oh, Mrs. Hubbard.

—Es muy tarde, Celia. El café está frío y no le han dejado mucho que comer.

—No quería encontrarme con los demás.

—Eso me había figurado, aunque tarde o temprano tendrá que verlos.

—Sí, lo sé. Pero pensé que sería más fácil a la hora de cenar. Y desde luego, no puedo quedarme aquí. Me marcharé a final de semana.

Mrs. Hubbard frunció el entrecejo.

—No creo que sea necesario. Puede que se muestren un poco desagradables, es natural, pero en conjunto son personas generosas. Claro que tendrá que reparar lo hecho cuanto antes.

Celia la interrumpió:

—Aquí tengo mi talonario de cheques. Es una de las cosas que quería decirle. —Le mostró un sobre y el talonario que llevaba en la mano—. Le había escrito una nota por si no la encontraba al bajar para decirle cuánto lo sentía, y mi intención era extender un cheque para que usted lo arreglara todo, pero mi pluma se ha quedado sin tinta.

—Tendremos que hacer una lista.

—La he hecho hasta donde es posible. Pero no sé si comprar las cosas o darles el dinero.

—Lo pensaré. Es difícil decidirlo así de pronto.

—Permítame que le entregue un cheque ahora. Me sentiré mucho mejor.

Estaba a punto de responder sin comprometerse «¿De veras? ¿Y por qué va a sentirse mejor?», pero Mrs. Hubbard reflexionó que el asunto se resolvería mejor con dinero en mano, porque los estudiantes andaban siempre cortos de ingresos. También así se aplacaría a Genevieve, quien de otro modo podría traerle complicaciones con Mrs. Nicoletis. Y ya tenía bastantes, tal como estaban las cosas.

—Muy bien —dijo repasando la lista de objetos—. Es difícil calcular cuánto será necesario así a primera vista.

—Le daré un cheque por la cantidad aproximada que usted diga, y luego me devuelve lo que sobre o añadiré lo que haga falta.

—Muy bien. —Mrs. Hubbard mencionó una cifra que consideró más que suficiente y Celia no puso el menor reparo. Abrió el talonario de cheques.

—¡Oh!, mi pluma está vacía. —Se acercó a los estantes, donde había diversos objetos de los estudiantes—. ¡Aquí no hay más tinta! Esa horrible tinta verde de Nigel. ¡Oh!, la utilizaré. A Nigel no le importará. Compraré un frasco cuando salga.

Cargó la pluma, extendió el cheque y, mientras se lo entregaba a Mrs. Hubbard, miró su reloj.

—Llegaré tarde. Será mejor que no me entretenga desayunando.

—Debe tomar algo, Celia, aunque solo sea pan con mantequilla. No es bueno salir con el estómago vacío. Sí, ¿qué ocurre?

Geronimo, el criado italiano, había entrado en el comedor haciendo enfáticos gestos con las manos mientras se expresaba con unas muecas muy cómicas.

—La patrona acaba de llegar y desea verla. —Y agregó con un gesto final—: Está furiosa.

—Voy enseguida.

Mrs. Hubbard salió de la habitación, en tanto que Celia se apresuraba a cortar un pedazo de pan.

Mrs. Nicoletis se paseaba muy nerviosa como una fiera enjaulada.

—¿Qué he oído? —exclamó—. ¿Que ha avisado usted a la policía sin decirme palabra? ¿Quién se ha creído que es? ¡Cielos! ¿Quién se ha creído que es?

—Yo no he avisado a la policía.

—Miente.

—Vamos, Mrs. Nicoletis, no debe hablarme así.

—¡Oh, no! ¡Por supuesto que no! Soy yo la que está equivocada, no usted. Siempre soy yo. Todo lo que usted hace es perfecto. La policía en una casa tan respetable.

—No sería la primera vez —dijo Mrs. Hubbard, recordando algunos incidentes desagradables—. Recuerde a aquel estudiante antillano buscado por ladrón y a aquel joven agitador comunista que se alojó aquí con nombre falso y...

—¡Ah! ¿Es que me lo va a echar en cara? ¿Es culpa mía que la gente mienta y falsifique sus documentos y que la policía requiera nuestra ayuda en los casos de asesinato? ¡Y encima me lo reprocha usted, con lo que yo he sufrido!

—Nada de eso, solo le hago ver que no sería precisamente una novedad que nos visitase la policía. Pero el caso es que nadie «ha avisado a la policía». Dio la casualidad de que un detective particular de gran renombre cenó aquí anoche invitado por mí y dio una charla sobre criminología a los estudiantes.

—¡Como si hubiera alguna necesidad de hablar de criminología a nuestros estudiantes! Ellos ya saben bastante. ¡Lo suficiente para robar, destruir y sabotear! Y nadie hace nada, ¡nada!

—Yo sí he hecho algo.

—Sí, ha contado a ese amigo suyo todos nuestros problemas íntimos. Eso es un abuso de confianza.

—Nada de eso. Yo soy la responsable de dirigir esta casa, y celebro comunicarle que el asunto está ya aclarado. Una de nuestras estudiantes ha confesado que ha sido la causante de la mayor parte de lo ocurrido.

—¡Valiente sinvergüenza! Échela a la calle.

—Está dispuesta a marcharse por su propia voluntad y pagar por los objetos desaparecidos.

—¿Y de qué servirá? Mi hermosa residencia para estudiantes tendrá mala fama y nadie vendrá aquí. —Miss Nicoletis se sentó en el sofá, deshecha en lágrimas—. Nadie se preocupa de mis sentimientos —sollozó—. ¡Es abominable el modo en que me tratan! ¡Nadie me hace caso! ¡Siempre me dejan de lado! Si me muriera mañana, ¿a quién le importaría?

Miss Hubbard, prudentemente, dejó la pregunta sin respuesta y salió de la habitación.

—Dios me dé paciencia —dijo para sí, y bajó a la cocina para interrogar a Maria.

La cocinera se mostró adusta y poco comunicativa. La palabra *policía* flotaba en el ambiente.

—Es a mí a quien acusarán. A mí y a Geronimo, *il povero*. ¿Qué justicia puede una esperar en un país extranjero? No, no puedo preparar *il risotto* como usted quiere, enviaron otra clase de arroz. En vez de eso haré espaguetis.

—Ya los tomamos anoche.

—No importa. En mi país los tomamos cada día, todos los días. La pasta es buena siempre.

—Sí, pero ahora está en Inglaterra.

—Muy bien, haré estofado. Estofado inglés. No le gustará, pero se lo haré: pálido, pálido, con las cebollas hervidas con demasiada agua en vez de sofritas con aceite, y huesos recubiertos de carne pálida.

Maria habló en un tono tan amenazador que Mrs. Hubbard creyó que oía relatar un crimen.

—¡Oh!, haga lo que quiera —le dijo furiosa antes de salir de la cocina.

A las seis de la tarde, Mrs. Hubbard volvía a ser la misma de siempre. Había dejado una nota en todas las habitaciones de los estudiantes pidiéndoles que fueran a verla antes de cenar y, a medida que se presentaban, explicó a cada uno que Celia le había rogado que ella lo arreglara todo, y le pareció que todos reaccionaban favorablemente. Incluso Genevieve, aplacada por el generoso valor dado a su polvera, dijo contenta que todo se haría *sans rancune* y añadió con aire de experta:

—Ya se sabe que a veces se pasan crisis nerviosas. Celia es rica y no necesita robar. No, es un trastorno mental. En eso tiene razón Mr. McNabb.

Len Bateson se llevó aparte a Mrs. Hubbard cuando ella bajó al oír la llamada para la cena.

—Esperaré a Celia en el vestíbulo para acompañarla a la mesa. Así le resultará menos violento.

—Es usted muy amable, Len.

—No tiene importancia, Ma.

A su debido tiempo, mientras se servía la sopa, se oyó la voz de Len que decía en el vestíbulo:

—Vamos, Celia. Todos los amigos están aquí.

Nigel le murmuró irritado a su plato de sopa:

—¡Hoy ya ha hecho su buena obra! —Pero, aparte de esto, dominó su lengua y alzó la mano para saludar a Celia cuando entró con Len, que le rodeaba los hombros con el brazo.

Se inició una conversación general que versó sobre varios tópicos y todos procuraron incluir a Celia.

Como era inevitable, esta manifestación de buena voluntad terminó en un incómodo silencio, y fue entonces cuando Mr. Akibombo se volvió hacia Celia con el rostro resplandeciente para decirle:

—Me han explicado muy bien todo lo que no comprendía. Eres muy lista robando cosas. Nadie descubierto durante mucho tiempo. Muy lista, muy lista.

En este momento, Sally Finch exclamó:

—Mr. Akibombo, usted acabará conmigo. —Y le dio tal ataque de risa que tuvo que salir al vestíbulo. Las risas brotaron de un modo espontáneo y natural.

Colin McNabb llegó tarde. Parecía reservado e incluso menos comunicativo que de costumbre. A punto de acabar la cena, y antes de que acabaran los demás, se levantó para anunciar con embarazo:

—Tengo que ir a ver alguien. Pero primero quiero deciros a todos que Celia y yo esperamos casarnos el año próximo, cuando haya terminado mi carrera.

Convertido en la viva imagen de la timidez y la vergüenza, recibió las felicitaciones y bromas de sus amigos, hasta que finalmente escapó como un perro apaleado. Celia permanecía ruborizada, pero muy compuesta.

—Otro buen chico que se pasa al otro bando —manifestó Len Bateson con resignación.

—¡Cuánto me alegro, Celia! —dijo Patricia—. Espero que seáis muy felices.

—Ahora todo es perfecto —dijo Nigel—. Mañana traeremos *chianti* y beberemos a tu salud. ¿Por qué está tan seria nuestra querida Jean? ¿No apruebas el matrimonio, Jean?

—Claro que sí, Nigel.

—Siempre he pensado que era mucho mejor que el amor libre, ¿no te parece? Es bueno para los niños y queda mejor en sus pasaportes.

—Pero la madre no debe ser demasiado joven —dijo Genevieve—. Es lo que dicen en las clases de Fisiología.

—Vamos, querida —replicó Nigel—. No querrás insinuar que Celia sea menor de edad ni nada por el estilo, ¿verdad? Es libre, blanca y ha cumplido ya veintiún años.

—Eso —intervino Chandra Lal— es un comentario muy ofensivo.

—No, no, Mr. Chandra Lal —dijo Patricia—. Es solo una frase hecha. No significa nada.

—No comprendo —intervino Mr. Akibombo—. Si una cosa no significa nada, ¿por qué decirla?

Elizabeth Johnston comentó de repente, alzando un poco la voz:

—A veces se dicen cosas que no parecen tener ningún significado, pero lo tienen y mucho. No, no me refiero a su cita. Estoy hablando de otra cosa. —Miró un instante alrededor de la mesa—. Me refiero a lo que ocurrió ayer.

—¿De qué se trata, Bess? —preguntó Valerie en tono seco.

—¡Oh!, por favor —intervino Celia—. Yo creo, sinceramente, que mañana se habrá aclarado todo. De verdad. Lo de la tinta en tus apuntes, la destrucción de la mochila. Y si esa persona confiesa, como lo he hecho yo, entonces todo quedará aclarado.

Habló de modo ansioso, con el rostro arrebolado, y un par de caras la miraron con curiosidad.

Valerie lanzó una carcajada breve.

—Y todos viviremos felices para siempre jamás.

Luego se levantaron para pasar al salón y hubo cierta competencia para servir el café a Celia. Encendieron la radio, algunos estudiantes se marcharon para acudir a alguna cita o a trabajar, y al fin todos los inquilinos del 24 y el 26 de Hickory Road se acostaron.

Había sido un día largo y agotador, reflexionó Mrs. Hubbard mientras se metía entre las sábanas.

«Pero, a Dios gracias, ahora ya ha terminado», se dijo para sus adentros.

Capítulo 7

Miss Lemon rara vez, por no decir nunca, llegaba tarde. La niebla, las tormentas, las epidemias de gripe, las interrupciones en los transportes, ninguna de esas eventualidades parecía afectar a aquella notable mujer. Pero esa mañana miss Lemon llegó sin aliento a las diez y cinco en vez de hacerlo a la primera campanada, deshaciéndose en disculpas y, por ser ella, muy contrariada.

—Lo siento muchísimo, monsieur Poirot, no sabe cuánto lo lamento. Iba a salir cuando me ha telefoneado mi hermana.

—Ah, supongo que estará bien de salud y mucho más animada, ¿no?

—Pues, con franqueza, no. —Poirot la miró intrigado—. En realidad, está muy afligida. Una de las estudiantes se ha suicidado.

Poirot se la quedó mirando de hito en hito. Murmuraba algo.

—¿Cómo dice, monsieur Poirot?

—¿Cuál es el nombre de esa estudiante?

—Celia Austin.

—¿Cómo?

—Creen que ha tomado morfina.

—¿Ha podido ser un accidente?

—Oh, no. Al parecer ha dejado una nota.

—No era esto lo que yo esperaba, no era esto. Y, no obstante, es cierto que esperaba que ocurriese algo.

El detective alzó la mirada y se encontró a miss Lemon con el bloc y el lápiz en la mano. Meneó la cabeza suspirando.

—No, esta mañana despachará usted sola el correo. Archívelo y conteste a lo que pueda. Yo voy a Hickory Road.

Geronimo le abrió la puerta y, al reconocerlo como el distinguido invitado de dos noches atrás, empezó a hablarle en un susurro conspirador.

—Ah, *signor*, es usted. Tenemos buen jaleo, de los gordos. La pequeña *signorina* ha sido encontrada muerta esta mañana en su cama. Primero vino el doctor y meneó la cabeza. Luego un inspector de policía que está arriba con la *signora* y la patrona. ¿Por qué querría matarse, *la poverina*? Si anoche estaba tan contenta y acababa de anunciar su compromiso.

—¿Compromiso?

—Sí, sí. Con Mr. Colin, el alto, moreno, que siempre fuma en pipa.

—Ya sé.

Geronimo lo acompañó hasta el salón, redoblando su aire de conspirador.

—Espere aquí. Cuando se marche la policía le diré a la *signora* que está aquí. ¿Le parece bien?

Poirot respondió que sí y Geronimo se retiró. Una vez solo, el detective, que no tenía remilgos, hizo un examen a fondo de todo lo que pertenecía a los estudiantes. No consiguió gran cosa. La mayoría guardaba casi todas sus pertenencias y papeles personales en sus dormitorios.

Arriba, Mrs. Hubbard estaba con el inspector Sharpe, quien la interrogaba con voz suave. Era un hombretón corpulento y tranquilo, con unos modales engañosos.

—Es muy desagradable y penoso para usted, me hago cargo —decía el policía—. Pero, como ya le ha dicho el doctor Coles, habrá una investigación judicial y tenemos que poner las cosas en claro. Ahora bien, ¿dice usted que últimamente esa joven estaba triste y angustiada?

—Sí.

—¿Asuntos amorosos?

—No exactamente —vaciló Mrs. Hubbard.

—Será mejor que me lo cuente todo —le pidió el inspector Sharpe con aire persuasivo—. ¿Existía alguna razón, o ella lo creyó así, para quitarse la vida? ¿Cabe la posibilidad de que estuviera embarazada?

—No se trata de eso. Si he vacilado, inspector Sharpe, ha sido sencillamente porque esa joven había hecho algunas tonterías y yo esperaba que no fuera necesario sacarlas a relucir.

El inspector carraspeó.

—Nosotros sabemos obrar con discreción, y el forense es un hombre de notable experiencia, pero tenemos que saberlo todo.

—Sí, claro. He sido una tonta. Lo cierto es que durante algún tiempo, en estos últimos tres meses o más, habían desaparecido algunos objetos, pequeños objetos, nada verdaderamente importante.

—¿Quiere usted decir ropa interior, medias de nailon y cosas así? ¿Dinero también?

—No, dinero, no, que yo sepa.

—¿Y esa joven era la responsable?

—Sí.

—¿La sorprendieron?

—No. Hace dos noches vino a cenar un amigo mío: monsieur Hércules Poirot, no sé si lo conocerá de nombre.

El inspector Sharpe apartó la mirada de su libreta. Conocía el nombre.

—¿Monsieur Hércules Poirot? ¿Sí? Eso es muy interesante.

—Nos dio una breve charla después de cenar y surgió el tema de esos hurtos. Me recomendó, en presencia de todos ellos, que acudiera a la policía.

—¿Eso dijo?

—Poco después, Celia subió a mi habitación y confesó. Estaba muy afligida.

—¿Se habló de presentar una denuncia?

—No. Iba a indemnizarlos por las pérdidas, y todos se avinieron de buen grado.

—¿Es que andaba apurada de dinero?

—No. Tenía un empleo bien retribuido como farmacéutica en el Hospital de Santa Catalina, y algún dinero suyo, según creo. Estaba en mejores condiciones que la mayoría de nuestros estudiantes.

—De modo que no necesitaba robar, pero lo hizo. —El inspector tomó nota.

—Supongo que sería cleptómana —dijo Mrs. Hubbard.

—Esa es la etiqueta habitual. Yo me refiero únicamente a las personas que no necesitan robar, pero roban.

—Me preguntó si no será usted un poco injusto con ella. Comprenda, había un joven...

—¿Él la denunció?

—Todo lo contrario. Habló calurosamente en su defensa y, a decir verdad, anoche, después de la cena, nos anunció que se habían prometido.

El inspector Sharpe enarcó las cejas con sorpresa.

—¿Y luego se acuesta y se toma la morfina? Parece bastante extraño, ¿no?

—Lo es. No puedo comprenderlo.

La expresión de Mrs. Hubbard era de perplejidad y angustia.

—No obstante, los hechos son bastante claros. —Sharpe señaló el pedazo de papel rasgado que había sobre la mesa.

Querida Mrs. Hubbard: realmente lo siento mucho, pero esto es lo mejor que puedo hacer.

—No hay firma... ¿y no tiene usted la menor duda de que es su letra?

—Así es.

Mrs. Hubbard habló con cierta vacilación y frunció el entrecejo al mirar el papel. ¿Por qué tendría la inevitable sensación de que había algo raro en la nota?

—Hay una huella dactilar que desde luego es suya —manifestó el inspector—. La morfina estaba en un frasco con la etiqueta del Hospital de Santa Catalina y usted me dice que ella trabajaba en la farmacia del hospital. Seguramente tendría acceso al armario de los venenos y allí es donde la cogió. Luego la traería ayer a casa con la intención de suicidarse.

—No puedo creerlo. No sé por qué no me parece natural. Anoche estaba contenta.

—Entonces debemos suponer que experimentó una reacción al ir a acostarse. Tal vez haya algo más en su pasado de lo que usted sabe. Quizá temiera que saliese a relucir. Usted cree que estaba muy enamorada de ese muchacho. A propósito, ¿cómo se llama?

—Colin McNabb. Está haciendo un curso de Psicología para postgraduados en Santa Catalina.

—¿Un médico? ¡Hum! ¿Y en el Santa Catalina?

—Celia estaba muy enamorada de él, más que él de ella, creo yo. Es un muchacho bastante concentrado en sí mismo.

—Entonces posiblemente sea esta la explicación. Ella no se creyó digna de él, o quizá no le contó todo lo que debía. Era bastante joven, ¿verdad?

—Veintitrés años.

—A esa edad son muy idealistas y se toman muy en serio los asuntos del corazón. Sí, me temo que fuera eso. ¡Qué lástima! —Se puso de pie—. Los hechos tendrán que hacerse públicos, aunque haremos cuanto podamos para no cargar las tintas. Gracias, Mrs. Hubbard. Ahora tengo toda la información que precisaba. La madre de la muchacha falleció hace dos años y la única pariente que usted conoce es una anciana tía que vive en Yorkshire. Nos pondremos en contacto con ella.

Recogió el fragmento de papel escrito con la nerviosa letra de Celia.

—Hay algo raro en esa nota —comentó Mrs. Hubbard de repente.

—¿Raro? ¿En qué sentido?

—No lo sé, pero siento que debería saberlo.

—¿No está segura de que sea su escritura?

—Oh, sí. No se trata de eso.

Mrs. Hubbard se llevó las manos a los ojos.

—Me siento tan estúpida esta mañana —dijo a modo de disculpa.

—Ha sido una dura prueba para usted, lo comprendo —manifestó el inspector comprensivo—. No creo que necesitemos molestarla más con ninguna otra pregunta por ahora, Mrs. Hubbard.

El inspector Sharpe abrió la puerta y se tropezó con Geronimo, que estaba apoyado al otro lado.

—¡Hola! —exclamó el inspector Sharpe, divertido—. Escuchando detrás de las puertas, ¿eh?

—No, no —replicó Geronimo con aire de virtuosa indignación—. ¡Yo no escucho nunca, nunca! Venía a traer un recado.

—Ya veo. ¿Qué recado?

—Abajo hay un caballero que desea ver a la *signora* Hubbard —manifestó Geronimo muy ofuscado.

—Muy bien. Pase, hijo, y dígaselo.

El inspector se hizo a un lado para dejar paso a Geronimo y continuó andando por el pasillo, pero luego dio media vuelta y regresó de puntillas. Valía la pena averiguar si aquel tipo con cara de mono había dicho la verdad. Llegó a tiempo de oír a Geronimo diciendo:

—El caballero que vino a cenar la otra noche, el de los bigotes, está abajo y quiere verla.

—¿Eh? ¿Qué? —Mrs. Hubbard parecía distraída—. Oh, muchas gracias, Geronimo. Bajaré enseguida.

«Un caballero con bigote, ¿eh? —se dijo Sharpe con una sonrisa—. Apuesto a que sé quién es.»

Bajó la escalera y entró en el salón.

—Hola, monsieur Poirot. Hacía muchísimo que no nos veíamos.

Poirot, que estaba de rodillas rebuscando en el estante inferior del mueble situado junto a la chimenea, se levantó sin perder la compostura.

—¡Ajá! —exclamó—. Pero si es el inspector Sharpe. Antes no estaba usted en esta división.

—Me trasladaron hace dos años. ¿Recuerda el asunto de Crays Hill?

—Ah, sí. Pero de eso ha pasado mucho tiempo, y usted sigue siendo un hombre joven, inspector.

—Vamos tirando, vamos tirando.

—Yo soy ya un viejo. —Poirot suspiró.

—Aunque todavía activo, ¿verdad, monsieur Poirot? Digamos... activo en ciertos aspectos.

—¿Qué quiere decir con eso?

—Quiero decir que me gustaría saber por qué vino usted la otra noche a dar una charla a los estudiantes sobre criminología.

Poirot sonrió.

—La explicación es bien sencilla. Mrs. Hubbard es la hermana de mi muy valiosa secretaria, miss Lemon. Así que cuando me pidió...

—Cuando le pidió que echara un vistazo a lo que estaba ocurriendo aquí, usted se apresuró a venir. Eso es lo que pasó, ¿no es así?

—Ha acertado usted.

—¿Por qué? Es lo que deseo saber. ¿Qué había aquí para usted?

—¿Quiere decir que pudiera interesarme?

—Precisamente a eso me refiero. Solo se trataba de una jovencita estúpida que había robado algunas fruslerías.

Ocurre todos los días. Y eso es calderilla para usted, monsieur Poirot, ¿no es así?

Poirot meneó la cabeza.

—No es tan sencillo como parece.

—¿Por qué no? ¿Acaso hay algo más?

El detective tomó asiento. Con una leve expresión de disgusto, sacudió el polvo de sus pantalones.

—Ojalá lo supiera.

Sharpe frunció el entrecejo.

—No le comprendo.

—Yo tampoco. Los objetos que fueron robados —meneó la cabeza— no tienen relación alguna, carecen de sentido. Es como encontrar una serie de huellas en las que todas fueran de distinto pie. Está, y muy clara, la de quien usted ha llamado jovencita estúpida, aunque hay más. Han ocurrido otras cosas que alguien quiso cargar en el haber de Celia Austin, pero que no cuadran. Eran tonterías aparentemente sin sentido ni propósito. Sin embargo, también existen pruebas de malicia, y Celia no era maliciosa.

—¿Era cleptómana?

—Lo dudo mucho.

—¿Entonces, simplemente, una vulgar ladronzuela?

—No en el sentido que usted quiere darle. En mi opinión, el robo de objetos insignificantes tuvo como objeto atraer la atención de cierto joven.

—¿Colin McNabb?

—Sí. La chica estaba terriblemente enamorada de Colin McNabb, y Colin no se fijaba en ella. En vez de mostrarse como una joven bonita, atractiva y bien educada, se mostró como una interesante delincuente. El resultado fue un éxito rotundo. Colin McNabb cayó en sus redes, ¡y de qué manera!

—Entonces debe de ser tonto de remate.

—Nada de eso. Es un psicólogo inteligente.

—¡Oh! —gimió el inspector Sharpe—. ¡Un psicólogo!

Ahora lo comprendo. —Una ligera sonrisa apareció en su rostro—. La chica fue muy inteligente.

—Demasiado. Sí, demasiado inteligente.

El inspector Sharpe se puso en guardia.

—¿Qué quiere decir con eso, monsieur Poirot?

—Que me he preguntado, y sigo preguntándome, si la idea no fue sugerida por otra persona.

—¿Por qué razón?

—¿Cómo voy a saberlo? ¿Altruismo? ¿Algún otro motivo? Estoy en la más profunda oscuridad.

—¿Tiene alguna idea de quién pudo darle ese consejo?

—No. A menos que..., pero no.

—Sea como fuere —replicó Sharpe—, no acabo de comprenderlo. Si solo se fingía cleptómana y tuvo éxito, ¿por qué diablos iba luego a suicidarse?

—La respuesta es que no debería haberse suicidado.

Los dos hombres se miraron.

—¿Está seguro de que se suicidó? —murmuró Poirot.

—Está tan claro como la luz del día. No hay razón para pensar otra cosa y...

Se abrió la puerta para dar paso a Mrs. Hubbard, que llegaba ruborizada y triunfante, con la barbilla erguida.

—Ya lo tengo —exclamó satisfecha—. Buenos días, monsieur Poirot. Ya lo tengo, inspector Sharpe. Me ha venido a la cabeza de repente. Me refiero a que me parecía extraña la nota del suicidio. No es posible que la haya escrito Celia.

—¿Por qué no, Mrs. Hubbard?

—Porque está escrita con tinta azul casi negra, y Celia llenó su pluma con tinta verde de ese tintero que está ahí. —Mrs. Hubbard señaló el estante—. Fue ayer por la mañana a la hora del desayuno.

El inspector Sharpe era otro cuando regresó al salón que había abandonado bruscamente después de escuchar las palabras de Mrs. Hubbard.

—Es muy cierto. Lo he comprobado. La única pluma que hay en la habitación de esa chica, y que está junto a la cama, está llena de tinta verde. Ahora bien, la tinta verde...

Mrs. Hubbard levantó el tintero casi vacío. Luego le explicó de un modo claro y conciso la escena representada a la hora del desayuno.

—Estoy segura —concluyó— de que ese pedazo de papel fue arrancado de la carta que me escribió ayer, y que no llegué a abrir.

—¿Qué hizo ella con la carta? ¿Lo recuerda?

Mrs. Hubbard meneó la cabeza.

—La dejé aquí sola y fui a atender los asuntos de la casa. Supongo que la dejaría por aquí y luego se la olvidó.

—Y alguien la encontró, alguien la abrió.

Se interrumpió.

—¿Se da usted cuenta de lo que esto significa? No me ha gustado nunca ese pedazo de papel. Había muchas hojas de papel en su habitación y era mucho más natural escribir la nota en una de ellas. Esto significa que alguien vio la posibilidad de utilizar la frase inicial de la carta dirigida a usted para insinuar algo muy distinto. Para sugerir la idea del suicidio.

Hizo una pausa y luego agregó lentamente:

—Esto significa...

—Que la asesinaron —concluyó Hércules Poirot.

Capítulo 8

Aunque personalmente despreciaba el té de las cinco por considerarlo un impedimento para poder apreciar la comida suprema del día, o sea, la cena, Poirot se había acostumbrado a servirlo.

El insustituible George había sacado en esta ocasión tazas grandes, una tetera con té indio muy fuerte y, además de los buñuelos cuadrados con mantequilla, pan, mermelada y un delicioso pastel de ciruelas.

Todo ello para deleite del inspector Sharpe, quien bebía satisfecho su tercera taza de té.

—¿No le importa que me haya presentado en su casa de este modo, monsieur Poirot? Tengo una hora libre hasta que empiecen a regresar los estudiantes. Quiero interrogarlos a todos y, con franqueza, no es algo que me atraiga. Usted conoció a algunos la otra noche y me pregunto si podría ayudarme un poco, por lo menos con los extranjeros.

—¿Me considera buen juez de los extranjeros? Pero, *mon cher*, no hay ningún belga entre ellos.

—No, belgas no. Oh, ya comprendo lo que quiere decir. Quiere usted decir que es belga y que, por lo tanto, las demás nacionalidades le resultan tan extranjeras como a mí. Pero eso no es del todo cierto. Probablemente usted conocerá mejor que yo a los tipos continentales, aunque desconozca a los indios y antillanos, y a los otros de esas latitudes.

—Quien mejor puede ayudarle es Mrs. Hubbard, que ha vivido varios meses al lado de esos jóvenes y es buena conocedora de la naturaleza humana.

—Sí, es una mujer muy competente. Confío en ella. También tendré que ver a la propietaria de la residencia. Esta mañana no estaba. Es dueña de varias pensiones, así como de diversos clubes para estudiantes. Parece ser que no goza de demasiada simpatía.

Poirot nada dijo por espacio de unos segundos y luego preguntó:

—¿Ha estado en Santa Catalina?

—Sí. El director farmacéutico se mostró muy amable y deseoso de cooperar. Le sorprendió y afligió mucho la noticia.

—¿Qué dijo de la chica?

—Había trabajado allí durante un año y todos la apreciaban. La describió como algo lenta, pero muy responsable. —Hizo una pausa y agregó—: La morfina salió de allí.

—¿Sí? Esto es interesante y algo raro.

—Era tartrato de morfina y se guardaba en el armario de venenos de la farmacia. En el estante superior, entre otras drogas de uso poco frecuente. Desde luego, se usa más el hidrocloruro de morfina que el tartrato. En esto de las drogas también hay modas y, cuando un médico la receta, los demás le siguen como un rebaño de corderos. Él no me lo dijo, aunque yo lo pensé. Hay algunas drogas en aquel estante superior que gozaron de popularidad, pero hoy ya no se recetan.

—¿Entonces la ausencia de un frasquito polvoriento no se hubiera notado inmediatamente?

—Eso es. Solo se hace el inventario de existencias a intervalos regulares, y nadie recuerda que se recetara tartrato de morfina desde hace mucho tiempo. La desaparición de la botella no se habría notado hasta que la necesitaran o hasta que se hiciera el inventario. Las tres encargadas tienen la llave del armario de venenos y del de drogas peligrosas. Los armarios se abren cuando es necesario y en los días de mucho trabajo (que prácticamente son todos) se abren a cada momento, así que los dejan abiertos hasta el término de la jornada.

—¿Quiénes tienen acceso a él, además de Celia?

—Las otras dos encargadas de la farmacia, pero no tienen relación alguna con Hickory Road. Una lleva allí cuatro años y la otra llegó hace unas semanas de un hospital de Devon. Buenos informes. También hay otros tres farmacéuticos jefes que llevan muchos años en Santa Catalina. Estas son las personas que tienen acceso habitual al armario. Luego está una asistenta ya mayor que friega los suelos, de nueve a diez de la mañana, y que pudo apoderarse de la botella mientras los otros andaban atareados con los pacientes externos o arreglando las bandejas de las salas, pero lleva muchos años trabajando en el hospital y no parece sospechosa. El ayudante de laboratorio que coloca las etiquetas también entra y sale cuando quiere, y hubiera podido coger el frasco en cualquier oportunidad. Pero ninguna de estas sugerencias resulta probable.

—¿Entra algún extraño en la farmacia?

—Muchísimos. Pasan por allí para ir a la oficina del director de farmacia, y también están los visitadores médicos. Además, las encargadas reciben de vez en cuando la visita de algún amigo, aunque no es lo más corriente.

—Eso ya está mejor. ¿Quién visitó últimamente a Celia Austin?

Sharpe consultó su libreta.

—Una muchacha llamada Patricia Lane fue a verla el martes de la semana pasada. Quería que Celia se reuniera con ella después del trabajo, para ir al cine.

—Patricia Lane —repitió Poirot, pensativo.

—Estuvo solo unos cinco minutos y no se acercó al armario de los venenos. Permaneció junto a la ventanilla mientras hablaba con Celia y otra muchacha. También recuerdan a una joven de color que estuvo hará un par de semanas: una señorita muy seria. Se interesó por el funcionamiento de la farmacia, estuvo haciendo preguntas y tomando notas. Hablaba un inglés impecable.

—Podría ser Elizabeth Johnston. Así que se interesó, ¿no es así?

—Era una tarde destinada a las visitas de la Seguridad Social. Mostró interés por conocer la organización de estas cosas y también lo que recetaban para la diarrea infantil y las afecciones cutáneas.

Poirot asintió.

—¿Alguien más?

—No, nadie que recuerde.

—¿Los médicos acuden a la farmacia?

Sharpe sonrió.

—Continuamente. Oficial y extraoficialmente. Unas veces para pedir una fórmula magistral o para ver lo que hay en reserva.

—¿Para ver lo que hay en reserva?

—Sí, ya he pensado en eso. Algunas veces piden consejo sobre un sustituto para algún preparado que produce efectos secundarios en el enfermo o altera su digestión. Otras, solo van allí para charlar un rato en los momentos libres. Muchos de los jóvenes acuden en busca de una aspirina cuando tienen resaca, y yo diría que alguna que otra vez a flirtear un rato con alguna de las muchachas si se les presenta ocasión. La naturaleza humana es la misma en todas partes. Ya lo ve. No hay grandes esperanzas.

—Y si mal no recuerdo, algunos de los estudiantes que viven en Hickory Road tienen también relación con Santa Catalina. Un chicarrón pelirrojo, Bates, Bateman...

—Leonard Bateson. Y Colin McNabb está cursando allí un postgrado. Hay también una joven, Jean Tomlinson, que trabaja en el departamento de fisioterapia.

—¿Y todas esas personas van a menudo a la farmacia?

—Sí, y lo que es más, nadie recuerda cuándo, porque están acostumbrados a verlos continuamente. A propósito, Jean Tomlinson es amiga de la encargada más antigua.

—No es sencillo —murmuró Poirot.

—¡Qué va! Ya ve usted, cualquiera del personal podría haber echado un vistazo al armario de los venenos y decir: «¿Por qué diablos tenéis aquí tanto arsénico?», o cualquier otra cosa. «No sabéis que ya no se usa?» Y nadie lo hubiera recordado siquiera. —Sharpe hizo una pausa y luego agregó—: Lo que suponemos es que alguien administró la morfina a Celia Austin y luego puso el frasco vacío y el fragmento de la carta en su dormitorio para que pareciera un suicidio. Pero ¿por qué, monsieur Poirot? ¿Por qué?

El detective meneó la cabeza.

—Usted sugirió esta mañana —prosiguió Sharpe— que alguien debía haberle sugerido a Celia Austin la idea de la cleptomanía.

—Eso fue solo una idea mía. Me pareció que no era lo bastante inteligente como para que se le hubiera ocurrido a ella.

—Entonces, ¿a quién?

—Que yo sepa, solo hay tres estudiantes capaces de haber ideado algo así. Leonard Bateson reúne los conocimientos necesarios y conoce el entusiasmo de Colin por las «personalidades desequilibradas». Tal vez se lo sugirió a Celia más o menos como un juego, y la ayudó. Pero no puedo imaginarlo fomentando una cosa así mes tras mes, a menos que tuviera algún otro motivo o que sea muy distinto de lo que parece. Esto es algo que hay que tener siempre en cuenta. Nigel Chapman posee una mentalidad traviesa y ligeramente maliciosa. Lo consideraría divertido y no hubiera tenido escrúpulos. Es un *enfant terrible* crecidito. La tercera persona que me viene a la memoria es esa joven llamada Valerie Hobhouse. Tiene inteligencia, es moderna en el aspecto exterior y en las ideas. Probablemente sabe lo suficiente de psicología como para poder juzgar la reacción de Colin. Si apreciaba a Celia, tal vez considerase natural divertirse a costa de Colin.

—Leonard Bateson, Nigel Chapman y Valerie Hobhouse. —Sharpe fue anotando los nombres—. Gracias por el dato. Lo recordaré cuando los interrogue. ¿Y qué me dice de los indios? Uno de ellos estudia Medicina.

—Su mente está enteramente ocupada con la política y la manía persecutoria —dijo Poirot—. No creo que estuviera lo bastante interesado como para sugerir la idea de la cleptomanía a Celia Austin, ni que ella hubiera aceptado semejante consejo viniendo de él.

—¿Es toda la ayuda que puede prestarme, monsieur Poirot? —preguntó Sharpe, poniéndose de pie y cerrando su libreta.

—Me temo que sí. Pero me considero personalmente interesado, si usted no se opone, amigo mío.

—En absoluto. ¿Por qué iba a tener inconveniente?

—Haré lo que pueda a mi manera de aficionado. Creo que solo hay una línea de acción.

—¿Y cuál es?

Poirot suspiró.

—La conversación, amigo mío. ¡Conversación y más conversación! Todos los asesinos con que he tropezado han disfrutado hablando. En mi opinión, ningún hombre fuerte y silencioso comete un crimen, y si lo hace, será sencillo, violento y clarísimo. Pero el asesino sutil, inteligente, está tan satisfecho de sí mismo que tarde o temprano dice algo que le compromete. Hable con esa gente, *mon cher*, y no se limite a un simple interrogatorio. Anímelos para que le den su opinión, pídales ayuda, haga que le confíen sus corazonadas. Pero, *bon Dieu!* Yo no he de enseñarle su trabajo. Recuerdo muy bien sus habilidades.

Sharpe sonrió al escuchar el cumplido.

—Sí. Siempre he encontrado una gran ayuda en la... bueno... llamémosle amabilidad.

Los dos hombres se sonrieron mutuamente de común acuerdo.

—Supongo que cada uno de ellos es un posible asesino —dijo despacio Sharpe mientras se levantaba.

—Eso creo yo —respondió Poirot, sin darle importancia—. Leonard Bateson tiene genio y pudo perder el control. Valerie Hobhouse es inteligente y capaz de haberlo planeado a conciencia. Nigel Chapman es tan infantil que adolece de falta de proporción. Hay una francesa que mataría si hubiera en juego mucho dinero. Patricia Lane pertenece al tipo maternal, y las mujeres así suelen ser despiadadas. La norteamericana, Sally Finch, es alegre y simpática, aunque podría fingir mucho mejor que la mayoría. Jean Tomlinson es muy dulce y puritana, pero hemos conocido a muchos criminales que asistían a misa con toda devoción. La antillana, Elizabeth Johnston, es sin duda la más inteligente de toda la residencia, y ha subordinado sus emociones a su inteligencia, lo cual es peligroso. Hay un joven africano, encantador, cuyos motivos para asesinar nunca podremos descubrir. Tenemos a Colin McNabb, el psicólogo. ¿Cuántos psicólogos hay a los que podríamos decir: «Médico, cúrate a ti mismo»?

—Por amor de Dios, Poirot. ¡La cabeza me da vueltas! ¿Es que no hay nadie incapaz de cometer un crimen?

—Eso mismo me pregunto yo —replicó Hércules Poirot.

Capítulo 9

El inspector Sharpe suspiró recostándose en su butaca y se enjugó la frente con un pañuelo.

Había interrogado a una llorosa e indignada joven francesa, a un quisquilloso y poco cooperador francés, a un alemán impasible y a un egipcio voluble y agresivo. Había intercambiado algunos breves comentarios con dos jóvenes estudiantes turcos, muy nerviosos, que no entendían sus palabras, y lo mismo le ocurrió con un simpático iraquí. Estaba seguro de que ninguno de ellos tenía nada que ver con el caso, ni podía ayudarle a esclarecer la muerte de Celia Austin. Los había ido despidiendo uno a uno con unas palabras tranquilizadoras y ahora se disponía a hacer lo mismo con Mr. Akibombo.

El joven africano tenía una mirada infantil y suplicante, y su sonrisa dejaba al descubierto unos bien alineados y blancos dientes.

—Me gustaría poder ayudarle. Sí, ya lo creo. Miss Celia siempre fue amable conmigo. Una vez me regaló una caja de caramelos. Me dio mucha pena que la asesinaran. ¿Se trata de una venganza familiar? ¿Fueron sus padres o sus tíos los que vinieron a matarla por haber oído historias falsas sobre su comportamiento?

El inspector Sharpe le aseguró que ninguna de estas cosas era posible, ni aun remotamente, y el joven meneó la cabeza con pesar.

—Entonces no comprendo por qué ha ocurrido. No sé quién iba a querer matarla, pero deme un trocito de uña y un mechón de pelo, y veré si puedo averiguarlo por un sistema antiguo. No es científico, ni moderno, aunque se emplea mucho en mi país.

—Muchas gracias, Mr. Akibombo, no creo que sea necesario. Nosotros..., bueno, aquí no hacemos las cosas de esa manera.

—No, señor, lo comprendo muy bien. No es moderno. No está de acuerdo con la era atómica. En mi país los policías jóvenes tampoco lo utilizan, solo la gente de la selva. Estoy convencido de que los métodos nuevos son superiores y tendrán un éxito completo. —Mr. Akibombo se inclinó cortésmente y se marchó.

El inspector Sharpe murmuró para sí: «Espero sinceramente que alcancemos el éxito, aunque solo sea para mantener nuestro prestigio».

La siguiente entrevista fue con Nigel Chapman, quien parecía empeñado en llevar la voz cantante.

—Es un caso verdaderamente extraordinario, ¿no le parece? Perdone que se lo diga, pero ya sabía que se equivocaban al considerarlo suicidio. Reconozco que es muy satisfactorio para mí pensar que todo el asunto gira alrededor del detalle de que llenara su pluma con mi tinta verde. Es lo único que el asesino no pudo prever. Supongo que ya habrá considerado usted cuál podría ser el móvil del crimen.

—Soy yo quien pregunta, Mr. Chapman —replicó el inspector Sharpe en tono seco.

—Oh, claro, claro —dijo Nigel, descartando la objeción con un ademán—. Solo trataba de acortar un poco, eso es todo. Pero supongo que tenemos que pasar por la rutina de costumbre. Nombre, Nigel Chapman. Edad, veinticinco años. Creo que nacido en Nagasaki. En realidad, me parece un sitio muy ridículo. No puedo imaginar qué estarían haciendo allí mis padres. Supongo que estarían dando la vuelta al mundo. Sin embargo, eso no me convierte necesariamente en japonés, según tengo entendido. Estoy estudiando en la Universidad de Londres para diplomarme en la Edad de Bronce y en Historia Medieval. ¿Hay algo más que desee saber?

—¿Cuál es la dirección de su casa, Mr. Chapman?

—No tengo casa, mi querido señor. Tengo padre, pero estamos peleados y, por lo tanto, su casa ya no es la mía. Siempre me encontrará en el 26 de Hickory Road y Coutts Bank, Leandenhall, Street Branch, como se dice a las amistades que se hacen viajando y a las que no se espera volver a ver nunca más.

El inspector Sharpe no demostró la menor reacción ante la impertinencia de Nigel. Había tropezado con muchos Nigel y sospechaba que aquella impertinencia ocultaba el nerviosismo natural que produce ser interrogado con relación a un crimen.

—¿Conocía usted bien a Celia Austin?

—Esa es una pregunta difícil. La conocía bien en el sentido de verla cada día y estar en buena relación con ella, pero en realidad no la conocía en absoluto. No me interesaba lo más mínimo, y creo que no aprobaba mi manera de ser.

—¿Tenía alguna razón especial?

—No le agradaba mi sentido del humor. Yo no soy uno de esos jóvenes rudos y melancólicos como Colin McNabb. Esa clase de rudeza es realmente la técnica perfecta para atraer a las mujeres.

—¿Cuándo vio por última vez a Celia Austin?

—Anoche, a la hora de la cena. Todos estuvimos gastándole bromas, ¿sabe? Colin estuvo balbuceando hasta que al fin nos confesó que se habían prometido. Nos metimos con él y eso fue todo.

—¿Fue en el comedor o en el salón?

—En el comedor. Después pasamos todos al salón y Colin se marchó no sé adónde.

—¿Y los demás tomaron café en el salón?

—Si llama usted café al líquido que nos sirven, sí —replicó Nigel.

—¿Celia Austin tomó café?

—Supongo que sí. Quiero decir que no me fijé, aunque es de suponer.

—¿Por casualidad no le sirvió usted el café?

—¡Qué insinuación más horrible! Cuando dice usted eso y me mira de ese modo, siento que fui yo el que entregó a Celia el café con estricnina, o lo que fuese. Supongo que debe de ser sugestión hipnótica. Pero la verdad, Mr. Sharpe, es que no me acerqué a ella. Y para ser franco, no me fijé si tomaba café, y puedo asegurarle, lo crea o no, que nunca sentí la menor atracción por Celia y que el anuncio de su compromiso con Colin McNabb no despertó en mí el menor deseo de venganza.

—No estoy insinuando nada de eso, Mr. Chapman —manifestó Sharpe sin inmutarse—. A menos que esté muy equivocado, no se trata en este caso de una cuestión amorosa, pero alguien quiso quitar de en medio a Celia Austin. ¿Por qué?

—No tengo la menor idea, inspector, y en realidad resulta muy curioso, porque Celia era una muchacha totalmente inofensiva, no sé si me entiende. Lenta, un poco aburrida, muy simpática, y desde luego, una muchacha a la que nadie pensaría asesinar.

—¿Le sorprendió saber que Celia Austin había sido la responsable de varias desapariciones, robos y hechos cometidos en esta casa?

—¡Mi querido inspector, hubieran podido tumbarme de un soplo! Lo consideré impropio de ella.

—¿Por casualidad no sería usted quien le aconsejara hacer esas cosas?

La sorpresa de Nigel parecía sincera.

—¿Yo? ¿Aconsejarle algo así? ¿Por qué iba a hacerlo?

—He ahí el problema, ¿no le parece? Algunas personas tienen un extraño sentido del humor.

—La verdad, puede que yo sea algo duro de mollera, pero no veo que tenga nada de divertido lo que ha estado ocurriendo.

—¿Entonces no fue idea suya?

—Nunca se me ocurrió pensar que se tratara de una broma. Sin duda alguna, inspector, los robos fueron puramente psicológicos.

—¿Considera usted definitivamente que Celia Austin era cleptómana?

—¿Acaso puede haber alguna otra explicación, inspector?

—Tal vez no sepa usted tanto acerca de los cleptómanos como yo, Mr. Chapman.

—A mí no se me ocurre otra explicación.

—¿No cree posible que alguna persona hubiera animado a Celia Austin a hacer todas estas cosas para... digamos para atraer la atención de Mr. McNabb?

Los ojos de Nigel brillaron maliciosos.

—Eso sí que es una explicación divertida, inspector. ¿Sabe?, cuando lo pienso, creo perfectamente posible que el bueno de Colin se tragara el anzuelo, con sedal y todo. —Nigel saboreó su comentario durante un par de segundos y luego meneó la cabeza con pesar—. Pero Celia no se hubiera prestado a ello. Era una chica seria. Estaba loca por él.

—¿Tiene usted alguna teoría sobre las cosas que han ocurrido en esta casa, Mr. Chapman? Por ejemplo, ¿quién cree usted que vertió la tinta sobre los apuntes de miss Johnston?

—Si piensa que fui yo, inspector Sharpe, se equivoca. Claro que lo parece, por culpa de la tinta verde. Pero si quiere saber mi opinión, le diré que eso fue despecho.

—¿Qué?

—Emplear mi tinta. Alguien utilizó mi tinta adrede para que creyeran que había sido yo. Aquí hay mucho rencor, inspector.

Sharpe lo miró, interesado.

—¿Qué es lo que quiere usted decir al hablar de mucho rencor?

Pero Nigel volvió a refugiarse en su caparazón y no quiso comprometerse.

—En realidad no he querido decir nada, solo que cuando muchas personas viven juntas, se vuelven muy despreciables.

En la lista del inspector Sharpe, el siguiente era Leonard Bateson, que estaba aún más nervioso que Nigel, aunque lo demostraba de otra forma, con suspicacia y truculencia.

—¡Está bien! —exclamó una vez concluidas las preguntas preliminares—. Yo le serví el café a Celia y se lo di. ¿Qué pasa?

—Usted le dio el café después de la cena. ¿Es eso lo que dice, Mr. Bateson?

—Sí. Por lo menos, le llené la taza y la dejé a su lado y, lo crea usted o no, no contenía morfina.

—¿Le vio tomárselo?

—No, no le vi tomárselo. Todos íbamos de un lado a otro y al rato me lie a discutir con alguien, así que no me fijé si se lo tomaba. Había otras personas a su alrededor.

—En resumen, lo que usted dice es que cualquiera pudo echar morfina en su taza de café.

—¡Intente usted echar algo en la taza de cualquiera! ¡Todo el mundo lo vería!

—Tal vez no —replicó Sharpe.

—¿Por qué diablos cree usted que yo envenenaría a esa chica? No tenía nada contra ella —le espetó Len.

—Yo no he dicho que usted quisiera envenenarla.

—Se suicidó. Debió de tomárselo por su propia voluntad. No hay otra explicación.

—Eso hubiéramos creído de no ser por la falsa nota de suicidio.

—¡Falsa! ¡Y un cuerno! Ella la escribió, ¿no es cierto?

—Es parte de una carta que ella escribió a primera hora de la mañana.

—Bueno, pudo haber cortado un trozo y haberlo utilizado como nota de suicidio.

—Vamos, Mr. Bateson. Si se quiere escribir una nota de suicidio, no buscaría usted una carta que hubiera escrito para otra persona y se entretendría en recortar una frase precisa.

—Tal vez sí. ¡La gente hace toda clase de cosas raras!

—En ese caso, ¿dónde está el resto de la carta?

—¿Cómo voy a saberlo? Eso es asunto suyo, no mío.

—Es asunto mío. Y le aconsejo, Mr. Bateson, que procure contestar educadamente a mis preguntas.

—¿Qué desea saber? Yo no maté a Celia, ni tenía el menor motivo para hacerlo.

—¿La apreciaba?

Len replicó con menos agresividad:

—Mucho. Era una chica muy simpática. Un poco tonta, pero agradable.

—¿La creyó usted cuando se confesó autora de los robos que habían estado preocupando a todos en los últimos tiempos?

—La creí porque lo dijo, pero debo confesar que me extrañó.

—¿No la creía capaz de algo así?

—No. La verdad es que no.

La truculencia de Leonard había desaparecido, ahora que ya no estaba a la defensiva, sino entregado por completo a un problema que evidentemente le interesaba.

—Ella no se ajustaba al tipo de los cleptómanos, no sé

si me entiende. Ni tampoco me pareció que fuese una ladrona.

—¿Y no puede imaginar otra razón que la impulsara a hacer lo que hizo?

—¿Otra razón? ¿Cuál podría haber?

—Tal vez la intención de despertar el interés de Colin McNabb.

—Eso es un poco descabellado, ¿no le parece?

—Pero consiguió interesarle.

—Sí, desde luego. Colin se vuelve loco por cualquier clase de anormalidad psicológica.

—Entonces, si Celia Austin lo sabía...

Len meneó la cabeza.

—En eso se equivoca. Ella no hubiera sido capaz de idear algo así. Me refiero a que no se le hubiera ocurrido. No era lo bastante lista.

—¿Y usted?

—¿Qué quiere decir?

—Quizá, llevado por su buena intención, pudo haberle sugerido la idea.

Len lanzó una carcajada.

—¿Me supone usted capaz de hacer una tontería semejante? Está loco.

El inspector pasó a otro asunto.

—¿Usted cree que Celia Austin vertió la tinta sobre los apuntes de Elizabeth Johnston o que fue obra de otra persona?

—De otra persona. Celia dijo que no fue ella y yo la creo. Celia nunca se metía con Bess, como otros.

—¿Quiénes se metían con ella y por qué?

—Porque corregía a todo el mundo. —Len reflexionó unos instantes—. A todo el que hiciera un comentario arriesgado. Lo miraba y decía con aire de superioridad: «Eso no se basa en los hechos». «Las estadísticas han dejado bien establecido que...», o algo por el estilo. Bueno, resultaba muy cargante. Especialmente para las personas que suelen hacer declaraciones atolondradas, como por ejemplo Nigel Chapman.

—Ah, sí. Nigel Chapman.

—Y la tinta era verde.

—¿Así que cree usted que fue Nigel?

—Por lo menos es posible. Es un ser rencoroso, y tal vez tenga algún prejuicio racial. Aunque es el único que los tiene.

—¿Sabe usted de alguien más que pudiera estar molesto por su actitud y por su costumbre de corregir?

—Pues a Colin McNabb no le hacía demasiada gracia y se enfadaba algunas veces, y en dos ocasiones logró sacar de sus casillas a Jean Tomlinson.

Sharpe le hizo algunas preguntas más, pero Len Bateson no añadió nada que pudiera serle útil. A continuación interrogó a Valerie Hobhouse.

Valerie era fría, elegante y cauta. Se mostró mucho más tranquila que los muchachos. Dijo que apreciaba a Celia, que no era una chica animada y que, a su modo, se había enamorado locamente de Colin McNabb.

—¿Cree que era cleptómana, miss Hobhouse?

—Supongo que sí. En realidad, no entiendo mucho del tema.

—¿Cree que alguien le dio la idea de hacer lo que hizo?

Valerie se encogió de hombros.

—¿Quiere usted decir con la intención de atraer a ese engreído de Colin?

—Es usted muy rápida para entender las cosas, miss Hobhouse. Sí, eso es lo que quiero decir. No se la sugeriría usted, supongo.

Valerie pareció divertida.

—Es algo difícil, mi querido señor, si se considera que mi bufanda de seda favorita acabó hecha pedazos. No soy tan altruista.

—¿Cree que se lo aconsejaría alguien?

—No lo creo. Yo diría que fue algo natural por su parte.

—¿Natural?

—Sospeché por primera vez que había sido Celia cuando desapareció el zapato de Sally. Celia estaba celosa de ella. Me refiero a Sally Finch. Es la más bonita y atractiva de las chicas que hay aquí y Colin le dedicaba muchas atenciones. La noche que le desapareció el zapato tuvo que ir a la fiesta con un traje negro viejo y zapatos negros, Celia estaba tan satisfecha como el gato que acaba de zamparse un tazón de leche. Pero no sospeché que fuera la autora de todos esos robos de pulseras y polveras.

—¿A quién consideró responsable?

Valerie se encogió de hombros.

—Oh, no lo sé. Supongo que a alguna de las asistentas.

—¿Y la mochila destrozada?

—¿Destrozaron una mochila? Lo había olvidado. Eso es algo que no parece tener mucho sentido.

—Lleva mucho tiempo aquí, ¿verdad, miss Hobhouse?

—Sí. Probablemente soy el huésped más antiguo. Llevo aquí dos años y medio.

—Y, por lo tanto, es probable que sepa más que nadie respecto a esta residencia.

—Yo creo que sí.

—¿Tiene alguna idea sobre la muerte de Celia Austin? ¿Sospecha cuál pudo ser el motivo?

Valerie meneó la cabeza y su rostro adquirió una expresión grave.

—No. Fue algo horrible y no puedo imaginar que nadie quisiera matar a Celia. Era una chica simpática, inofensiva, acababa de prometerse y...

—Sí. ¿Y...? —le apremió el inspector.

—Me pregunto si fue por... —respondió Valerie despacio—. Su compromiso, y que ella iba a ser feliz. Pero eso significaría que alguien está loco, ¿no es así?

Pronunció la palabra con un estremecimiento y el inspector Sharpe la contempló pensativo.

—Sí. No podemos descartar la posibilidad de la locura. ¿Tiene usted alguna idea de quién pudo verter la tinta y estropear los apuntes de Elizabeth Johnston?

—No. Eso también fue un acto de venganza, y no creo ni por un instante que Celia hiciera algo así.

—¿Alguna sugerencia?

—Ninguna razonable.

—¿Y alguna irrazonable?

—No querrá oír lo que es solo una corazonada, ¿verdad, inspector?

—Me gustaría muchísimo. La aceptaré como tal, y quedaría entre nosotros.

—Posiblemente me equivoco, pero tengo la impresión de que fue cosa de Patricia Lane.

—¡Vaya! Me ha sorprendido usted, miss Hobhouse. No se me hubiera ocurrido pensar en Patricia Lane, parece una joven muy equilibrada y amable.

—No digo que fuera ella. Solo tengo la impresión de que pudo hacerlo.

—¿Por alguna razón en particular?

—A Patricia no le cae bien la Negra Bess. Siempre se está metiendo con su adorado Nigel y corrigiéndole cuando hace comentarios tontos, como tiene por costumbre.

—¿Se inclina más por Patricia Lane que por el propio Nigel?

—Oh, sí. No creo que a Nigel le preocupara y, además, no hubiera utilizado su propia tinta. Es muy inteligente y, en cambio, es precisamente el tipo de estupidez que Patricia hubiera cometido sin pensar que de ese modo podían recaer las sospechas en su precioso Nigel.

—O también es posible que alguien odiara a Nigel Chapman y deseara dar la impresión de que había sido obra suya.

—Sí, esa es otra posibilidad.

—¿Quién no simpatiza con Nigel Chapman?

—Jean Tomlinson, en primer lugar. Y Len Bateson y él no hacen más que discutir.

—¿Tiene alguna idea de cómo pudieron dar la morfina a Celia Austin?

—Lo he estado pensando y pensando. Desde luego, lo más sencillo era echarla en su café. Todos deambulábamos por el salón y la taza de Celia estaba encima de una mesita, porque siempre esperaba a que el café estuviera casi frío, y cualquiera que tuviese el aplomo suficiente pudo haber echado la pastilla o lo que fuera en su taza, aunque me parece que el riesgo de ser visto sería grande. Quiero decir que es una de esas cosas que hubieran podido notarse con facilidad.

—La morfina no le fue administrada en pastillas —dijo el inspector Sharpe.

—¿Cómo entonces? ¿En polvo?

—Sí.

Valerie frunció el entrecejo.

—Eso resulta aún más difícil, ¿no?

—¿No se le ocurre ninguna otra cosa, aparte del café?

—Algunas veces bebía un vaso de leche caliente antes de acostarse. Aunque no creo que lo tomara aquella noche.

—¿Puede usted describirme exactamente lo que ocurrió aquella noche en el salón?

—Todos estábamos por allí charlando. Alguien encendió la radio y la mayoría de los muchachos salieron. Celia subió a acostarse bastante temprano, lo mismo que Jean Tomlinson. Sally y yo nos quedamos hasta bastante tarde. Yo escribí unas cartas y Sally repasó unos apuntes. Creo que fui la última en subir.

—En conjunto, ¿fue una noche normal, como otra cualquiera?

—Por completo, inspector.

—Gracias, miss Hobhouse. ¿Quiere enviarme ahora a miss Lane?

Patricia Lane parecía preocupada, pero no recelosa. Sus respuestas no aportaron nada nuevo. Sobre el daño ocasionado a los apuntes de Elizabeth Johnston dijo que creía firmemente que Celia había sido la responsable.

—Pero ella lo negó categóricamente, miss Lane.

—Por supuesto —replicó Patricia—. Es natural. Supongo que se avergonzaría de haberlo hecho. Pero encaja con las demás cosas, ¿verdad?

—¿Sabe lo que ocurre en este caso, miss Lane? Que nada encaja demasiado bien.

—Supongo que usted pensará que fue Nigel el que estropeó los apuntes de Bess. Por culpa de la tinta —dijo Patricia enrojeciendo—, y eso es una tontería. Quiero decir que si hubiera hecho algo así, no habría utilizado su propia tinta. No es tonto. Pero, de todas formas, no lo hizo.

—No siempre se lleva bien con miss Johnston, ¿verdad?

—Oh, algunas veces resultaba insoportable, pero a él no le importa demasiado. —Patricia Lane se inclinó hacia delante con ansiedad—. Inspector, quiero que comprenda un par de cosas sobre Nigel Chapman. En realidad, Nigel es el mayor enemigo de sí mismo. Soy la primera en admitir que tiene un carácter difícil que predispone a la gente en su contra. Es grosero y sarcástico. Le gusta imitar a los demás y que ellos piensen lo peor. Pero en realidad es muy distinto de lo que parece. Es uno de esos seres tímidos y desgraciados que quisieran ser apreciados por todos, aunque por puro espíritu de contradicción dicen y hacen todo lo contrario de lo que desearían hacer y decir.

—Ah —exclamó el inspector Sharpe—, es una desgracia para ellos.

—Sí, pero no pueden evitarlo, ¿sabe? Eso es consecuencia de una infancia desgraciada. Nigel tuvo una niñez muy triste. Su padre era muy duro y muy severo y nunca lo comprendió. Además, trataba mal a su madre. Cuando ella murió, tuvieron una pelea terrible y Nigel se marchó de casa. Su padre juró que nunca le daría ni un penique y le dijo que se las arreglara sin esperar la menor ayuda. Nigel replicó que no deseaba su ayuda, que no la aceptaría aunque se la ofreciera. Gracias al testamento de su madre, recibía una pequeña renta y nunca escribió a su padre ni volvió junto a él. En cierto sentido fue una lástima, pero no cabe duda de que su padre es un hombre muy desagradable. No me extraña que amargara a Nigel y le hiciera imposible convivir con él. Desde la muerte de su madre no tuvo a nadie que le cuidara. Tiene mala salud, pero cuenta con una inteligencia brillante. En esta vida no ha encontrado más que obstáculos y por eso no puede mostrarse como es en realidad.

Después de su largo y apasionado discurso, Patricia Lane se detuvo ruborizada y falta de aliento. El inspector Sharpe la miró pensativo. Había tropezado anteriormente con muchas Patricia Lane. «Está enamorada de ese chico —pensó—. Y supongo que a él le importa dos cominos, aunque es probable que se deje querer. El padre parece un viejo cascarrabias, sin duda, pero yo diría que la madre era una necia que estropeó a su hijo y que con tantos mimos ahondó la brecha abierta entre él y su padre. He visto muchos casos así.» Se preguntó si Nigel Chapman se habría sentido atraído por Celia Austin. No parecía probable, aunque no era imposible. «Y de ser así, Patricia Lane debió de sentir un amargo resentimiento. ¿Lo bastante como para asesinarla? Seguramente no. Y, en todo caso, el hecho de que Celia se comprometiera con Colin McNabb descartaría ese posible motivo.» Despidió a Patricia Lane e hizo llamar a Jean Tomlinson.

Capítulo 10

Miss Tomlinson era una joven de veintisiete años, de aspecto serio, cabellos rubios, facciones armoniosas y una boca ligeramente curvada hacia arriba. Se sentó y dijo en tono comedido:

—Sí, inspector. ¿En qué puedo servirle?

—Me pregunto si podría usted ayudarme a esclarecer este trágico asunto, miss Tomlinson.

—Es sorprendente, verdaderamente sorprendente —afirmó Jean—. Ya era bastante desagradable pensar que Celia se había suicidado, pero ahora además creen que la asesinaron. —Se detuvo meneando la cabeza, entristecida.

—Estamos casi seguros de que no se envenenó —replicó Sharpe—. ¿Sabe usted de dónde salió el veneno?

Jean asintió.

—Supongo que del Hospital de Santa Catalina, donde trabajaba. Pero eso indica que fue suicidio.

—Sin duda alguna, esa era la intención.

—Pero ¿quién hubiera podido apoderarse del veneno, aparte de Celia?

—Muchísimas personas —respondió el inspector Sharpe—, si estaban decididas a ello. Incluso usted hubiera podido cogerlo, miss Tomlinson.

—¡Inspector Sharpe! —protestó Jean, indignada.

—Usted visitaba la farmacia bastante a menudo, ¿no es cierto, miss Tomlinson?

—Iba a ver a Mildred Carey. Pero, naturalmente, nunca me habría atrevido a tocar nada del armario de los venenos.

—¿Pero hubiese podido hacerlo?

—¡Por supuesto que no lo hice!

—Vamos a ver, miss Tomlinson. Supongamos que su amiga estuviera atareada preparando las bandejas de las salas y la otra chica, ocupada en la ventanilla de los pacientes. En muchas ocasiones solo hay dos encargadas en el departamento, y usted pudo acercarse como por casualidad al estante de atrás. Podría haber cogido un frasco del armario y metérselo en el bolsillo sin que ninguna de las dos encargadas imaginara siquiera lo que acababa de hacer.

—Me ofende lo que dice, inspector Sharpe. Es... es... una acusación ignominiosa.

—No se trata de una acusación, miss Tomlinson. Nada de eso. No debe interpretarlo mal. Usted ha dicho que no era posible que hubiera cogido el frasco y yo trato de demostrarle que sí lo es. No digo que usted lo hiciera. Al fin y al cabo, ¿por qué habría de hacerlo?

—Cierto. Recuerde que yo era amiga de Celia, inspector Sharpe.

—Muchísimas personas son envenenadas por sus amigos. Hay una pregunta que debemos hacernos algunas veces. ¿Cuándo un amigo no es amigo?

—No hubo la menor desavenencia entre Celia y yo, nada de eso. La apreciaba mucho.

—¿Tuvo alguna razón para suponer que fuera ella la responsable de los robos?

—No. En mi vida tuve una sorpresa mayor. Siempre pensé que Celia tenía buenos principios. Nunca la hubiera creído capaz de una cosa así.

—Claro que los cleptómanos no pueden remediarlo —manifestó Sharpe mirándola fijamente.

Jean Tomlinson apretó los labios y, al fin, los abrió para decir:

—No comparto esa opinión, inspector Sharpe. Mis ideas son un tanto anticuadas y creo que robar es siempre robar.

—¿Cree que Celia se apoderaba de las cosas porque quería robarlas?

—Desde luego que sí.

—En una palabra, ¿era una ladrona?

—Me temo que sí.

—¡Ah! —exclamó el inspector Sharpe meneando la cabeza—. Mal asunto.

—Sí, siempre es triste cuando una persona nos decepciona.

—Creo que se habló de dar parte, me refiero a la policía.

—Sí. En mi opinión, hubiera sido lo más acertado.

—Tal vez usted considere que deberían haber dado parte a la policía de todos modos.

—Creo que habría sido lo correcto. Sí, no me parece bien que nadie pueda escapar impunemente después de hacer estas cosas.

—Como el hacerse pasar por cleptómana cuando se es una ladrona.

—Sí, eso es lo que quiero decir en realidad.

—Y en vez de eso, todo iba a terminar felizmente y las campanas de boda ya empezaban a sonar para miss Austin.

—Claro que no hay que extrañarse por nada de lo que haga Colin McNabb —dijo Jean Tomlinson con rencor—. Estoy segura de que es un ateo y el joven más incrédulo, burlón y desagradable que he conocido. Es grosero con todo el mundo. ¡En mi opinión, es un comunista!

—¡Ah! —dijo el inspector Sharpe—. ¡Malo! —Meneó la cabeza.

—Si defendió a Celia, fue porque no tiene el menor respeto a la propiedad. Probablemente cree que todo el mundo puede apoderarse de lo que le venga en gana.

—No obstante, miss Austin confesó.

—Sí, después de que la descubrieran.

—¿Quién la descubrió?

—Ese señor... ¿cómo se llama...? Poirot, el detective que vino la otra noche.

—Pero ¿por qué cree que la descubrió, miss Tomlinson? Él no lo dijo, solo les aconsejó que dieran parte a la policía.

—Debió de demostrarle que lo sabía. Es evidente que ella se vio descubierta y por eso se apresuró a confesar.

—¿Y qué me dice usted de la tinta vertida sobre los apuntes de Elizabeth Johnston? ¿Lo confesó también?

—La verdad, no lo sé. Supongo que sí.

—Pues supone usted mal —replicó Sharpe—. Negó categóricamente que hubiera sido ella.

—Bueno, tal vez sea verdad. Reconozco que no lo creí probable.

—¿Le parece a usted más creíble que fuera Nigel Chapman?

—No, no creo que Nigel lo hiciera. Más bien me parece cosa de Mr. Akibombo.

—¿De veras? ¿Y por qué había de hacerlo?

—Por celos. Toda esa gente de color es muy celosa e histérica.

—Eso es interesante, miss Tomlinson. ¿Cuándo vio por última vez a Celia Austin?

—El viernes por la noche, después de cenar.

—¿Quién subió primero a acostarse, ella o usted?

—Yo.

—¿Fue a la habitación de Celia o la vio después de salir del salón?

—No.

—¿Y no tiene idea de quién pudo poner morfina en su café, si es que le fue administrada por este medio?

—Ninguna en absoluto.

—¿No vio nunca morfina en la casa o en la habitación de algún estudiante?

—No, no, creo que no.

—¿Cree que no? ¿Qué significa eso, miss Tomlinson?

—Me estaba preguntando... Hubo aquella apuesta tan tonta.

—¿Qué apuesta?

—Dos o tres estudiantes discutían.

—¿Qué discutían?

—Sobre el asesinato y los medios para cometerlo. Especialmente con veneno.

—¿Quiénes participaron en la discusión?

—Creo que la empezaron Colin y Nigel, y luego intervino Len Bateson. Patricia estaba allí también.

—¿Recuerda usted lo más exactamente posible lo que se dijo y cuál fue el curso de la discusión?

Jean Tomlinson reflexionó unos instantes.

—Creo que se empezó discutiendo sobre los asesinatos por envenenamiento y se dijo que la dificultad estaba en lograr el veneno, porque el asesino casi siempre era descubierto por la compra del mismo o por haber tenido oportunidad de conseguirlo. Nigel contestó que no era de esa opinión, que había tres modos distintos de conseguir un veneno sin que nadie supiera nunca cómo lo había obtenido. Len Bateson le dijo que hablaba por hablar. Nigel insistió en que no y se mostró dispuesto a demostrarlo. Pat insistió en que Nigel tenía razón y que Len o Colin podrían apoderarse de cualquier veneno en el hospital, y también Celia. Nigel replicó que no era eso a lo que se refería, porque si Celia cogía algo de la farmacia se sabría. Tarde o temprano lo buscarían y descubrirían su desaparición. Pat dijo que no, si se vaciaba un frasco y se rellenaba con cualquier otra cosa. Colin se echó a reír y dijo que en ese caso habría muchas reclamaciones por parte de los enfermos.

Pero Nigel insistió en que no se refería a oportunidades especiales, sino que él mismo, que no tenía acceso especial ni como médico ni como farmacéutico, podría conseguir tres clases distintas de veneno por tres métodos diferentes. Len Bateson exclamó entonces: «Muy bien, ¿cuáles son tus métodos?», y Nigel replicó: «Ahora no voy a explicártelos, pero apuesto a que en el plazo de tres semanas puedo presentaros muestras de tres venenos distintos». Y Len Bateson apostó cinco libras a que no lo conseguía.

—¿Y bien? —dijo el inspector Sharpe cuando Jean se detuvo.

—No se habló más del tema durante algún tiempo hasta que una noche, en el salón, Nigel dijo: «Y ahora, muchachos, mirad esto. Yo cumplo mi palabra». Y arrojó tres objetos sobre la mesa: un tubo de pastillas de hioscina, un frasquito de tintura de digitalina y otro, diminuto, de tartrato de morfina.

—¡Tartrato de morfina! —exclamó el inspector—. ¿Llevaba etiqueta?

—Sí. La del Hospital de Santa Catalina. Lo recuerdo con toda certeza porque, como es natural, me llamó la atención.

—¿Y los otros?

—No me fijé. Yo diría que no eran de ningún hospital.

—¿Qué ocurrió luego?

—Hubo muchos comentarios y, al fin, Len Bateson dijo: «Vamos, si hubieras cometido un crimen, esto se sabría enseguida». Y Nigel respondió: «Nada de eso. Soy un ciudadano cualquiera, no tengo nada que ver con clínicas ni hospitales, y nadie puede relacionarme con estos venenos. No los he comprado en ninguna farmacia». Y Colin McNabb, quitándose la pipa de la boca, dijo: «No, desde luego. Ningún farmacéutico te los hubiera vendido sin receta médica». Estuvieron discutiendo un rato y, al fin, Len dijo que pagaría. «Ahora no, porque ando un poco mal de dinero, pero no lo dudo, has demostrado lo que dijiste». Y luego le preguntó: «¿Qué vas a hacer con las pruebas delatoras?»; y Nigel, sonriendo, dijo que sería mejor deshacerse de ellas antes de que ocurriera algún accidente, así que vaciaron el frasco de tintura de digitalina en el lavabo, arrojaron las pastillas al fuego y la morfina en polvo también fue quemada.

—¿Y los envases?

—No sé lo que hicieron con ellos. Seguramente los tirarían a la papelera.

—Pero ¿los venenos fueron destruidos?

—Sí, estoy segura. Lo vi.

—¿Eso cuándo fue?

—Hará unos quince días.

—Gracias, miss Tomlinson.

Jean se demoró. Era obvio que quería enterarse de algo más.

—¿Usted cree que puede tener importancia?

—Quizá. Nunca se sabe.

El inspector Sharpe reflexionó unos minutos antes de volver a llamar a Nigel Chapman.

—Miss Jean Tomlinson acaba de hacerme una declaración muy interesante.

—¡Ah! ¿Contra quién ha estado desparramando ponzoña nuestra querida Jean? ¿Contra mí?

—Me ha estado hablando de ciertos venenos en relación con usted, Mr. Chapman.

—¿Venenos? ¿Qué diablos...?

—¿Niega usted que hace algunas semanas apostó con Mr. Bateson a que era capaz de conseguir tres venenos de tal manera que no pudieran ser rastreados hasta usted?

—¡Oh, eso! —Se hizo la luz en el cerebro de Nigel—. Sí, claro. Es curioso que no cayera en la cuenta. Ni siquiera recordaba que Jean estuviera allí. Pero usted no pensará que ese hecho pueda tener algún significado especial, ¿verdad?

—Nunca se sabe. Entonces, ¿lo admite?

—Oh, sí, estuvimos discutiendo ese tema. Colin y Len se mostraron muy arbitrarios y superiores, y yo les dije que estaba convencido de que cualquiera podía apoderarse de un veneno. En realidad, les aseguré que sabía tres métodos distintos para obtenerlo, y que iba a demostrarlo poniéndolos en práctica.

—Cosa que hizo usted.

—Cosa que hice, inspector.

—¿Y cuáles fueron esos tres métodos, Mr. Chapman?

Nigel ladeó ligeramente la cabeza.

—¿Me pide usted que me incrimine? ¿No debería advertirme de mis derechos?

—Aún no ha llegado ese momento, Mr. Chapman, pero, por supuesto, no tiene por qué incriminarse, como usted dice. En realidad, tiene perfecto derecho a negarse a responder a mis preguntas.

—No sé si quiero negarme. —Nigel reflexionó unos instantes con una sonrisa juguetona—. Lo que hice fue algo ilegal y usted podría detenerme por ello, si quisiera. Por otro lado, nos hallamos ante un caso de asesinato, y si esto tiene algo que ver con la muerte de la pobre Celia, creo que mi deber es hablar sinceramente.

—Desde luego, es un punto de vista muy razonable.

—Muy bien. Entonces hablaré.

—¿Cuáles fueron esos tres métodos?

—Pues —Nigel se recostó en su asiento— siempre se lee en los periódicos que los médicos olvidan drogas peligrosas en los coches y se previene a la gente para evitar accidentes.

—Sí.

—Se me ocurrió que el medio más sencillo sería ir a las afueras, seguir a un médico que efectuase sus visitas por allí y, cuando se presentara la ocasión, abrir el coche, registrar el maletín y sacar lo que deseaba. En esos distritos apartados, el médico no siempre lleva consigo el maletín cuando entra en una casa. Depende de la clase de enfermo que vaya a visitar.

—¿Y bien?

—Eso es todo. Es decir, en cuanto al método número uno. Tuve que perseguir a tres médicos hasta dar con uno lo bastante confiado. Y entonces fue sencillísimo. Dejó el coche delante de una casa de campo, en un lugar solitario. Abrí la puerta, registré el maletín, saqué un tubo de tabletas de hioscina y ya está.

—¡Ah! ¿Y el método número dos?

—Ese supuso enredar un poco a la pobre Celia, la verdad sea dicha. Ella no sospechó nada. Ya le he dicho que era una chica estúpida. Ni se enteró de lo que estaba haciendo. Me limité a hablarle de lo ilegibles que resultaban las recetas escritas en latín y le pedí que me escribiera una de tintura de digitalina en ese estilo, algo que hizo sin recelar nada. Después solo tuve que buscar un médico en la lista oficial que viviera en un distrito apartado de Londres y añadir sus iniciales y una firma ilegible. Luego la llevé a una farmacia del centro de Londres, donde no era probable que lo conocieran, y me despacharon la receta sin la menor dificultad. La digitalina se usa muchísimo para las afecciones cardíacas y la receta estaba escrita en una hoja con el membrete de un hotel.

—Muy ingenioso —comentó Sharpe de forma seca.

—¡Me estoy condenando yo mismo! Lo adivino por el tono de su voz.

—¿Y el tercer método?

Nigel no contestó enseguida, pero al fin dijo:

—Oiga, ¿adónde me llevará todo esto?

—El robo de drogas del interior de un coche se considera un hurto —replicó el inspector—. Falsificar una receta...

Nigel le interrumpió:

—No fue exactamente una falsificación. Quiero decir

que yo no obtuve dinero, y ni siquiera traté de imitar la firma del médico. Si yo escribo una receta y pongo debajo H. R. James, no puede usted decir que trate de falsificar la firma de ningún doctor James en particular, ¿no es cierto? ¿Comprende lo que quiero decir? Estoy arriesgando el pellejo. Si quiere usted ponerme contra la pared por esto, bueno, sin duda lo merezco. Y por otro lado, si...

—Sí, Mr. Chapman. Por otro lado, ¿qué?

Nigel exclamó con repentino apasionamiento:

—No me gusta el crimen. Es algo horrible, bestial. Y Celia, la pobre, no merecía ser asesinada. Quiero ayudarle en lo que sea. Pero ¿le ayudará esto? No creo. Me refiero a la confesión de mis pecadillos.

—La policía es muy comprensiva, Mr. Chapman, y a ella corresponde valorar ciertas actuaciones como alocadas travesuras de una naturaleza irresponsable. Yo acepto sus afirmaciones de que desea ayudar a resolver el asesinato de esa joven. Y ahora le ruego que continúe y me cuente cuál fue el tercer método.

—Ya estamos llegando al meollo. Fue algo más arriesgado que los otros dos y, al mismo tiempo, mucho más divertido. Yo había ido a la farmacia del hospital un par de veces para ver a Celia, y sabía dónde estaban las cosas.

—¿Así que se apoderó de un frasquito del armario?

—No, no, no fue tan sencillo. Eso no hubiera sido justo desde mi punto de vista, e incidentalmente, si hubiese habido un auténtico asesinato, es decir, si yo hubiese robado el veneno con el propósito de matar, es probable que recordaran que yo solía pasarme por la farmacia de Celia. No había estado allí desde hacía seis meses. No, sabía que Celia iba siempre a las once y cuarto a tomar un tentempié, una taza de café y unas galletas. Las chicas iban por turnos, dos cada vez. Había una empleada nueva que no me conocía, de modo que lo que hice fue lo siguiente: entré en la farmacia con una bata blanca y un estetoscopio alrededor del cuello. Solo estaba allí la chica nueva, muy ocupada en la ventanilla de los pacientes. Fui hasta el armario de los venenos, cogí un frasco, después me asomé por el tabique y le pregunté: «¿Qué tipo de adrenalina tienen ahí?». Me lo dijo y luego le pedí un par de aspirinas diciéndole que tenía una resaca terrible. Me las tomé y volví a salir. Ella no tuvo la menor sospecha de que no fuera del personal médico o un estudiante de Medicina. Fue un juego de niños, y Celia no supo nunca que yo estuve allí.

—¡Un estetoscopio! —repitió el inspector Sharpe—. ¿Dónde lo consiguió?

Nigel sonrió de pronto.

—Era el de Len Bateson. Yo se lo robé.

—¿En esta casa?

—Sí.

—Eso explica la desaparición del estetoscopio. No fue cosa de Celia.

—¡Cielos, no! ¿Se imagina a una cleptómana robando un estetoscopio?

—Y después, ¿qué hizo con él?

—Lo empeñé —respondió Nigel en tono de disculpa.

—Fue una mala pasada para Bateson, ¿no?

—Sí, muy mala. Pero no podía contárselo sin descubrir mis métodos, algo que no era mi intención hacer. Sin embargo —agregó Nigel alegremente—, una noche lo invité a salir conmigo y se lo pasó en grande.

—Es usted un auténtico irresponsable.

—Debería usted haber visto sus caras —respondió Nigel ensanchando la sonrisa— cuando arrojé los tres venenos sobre la mesa y les dije que los había conseguido sin que nadie se diera cuenta.

—Lo que usted me ha dicho es que conoce tres métodos para envenenar a quien sea con tres venenos distintos sin que en ninguno de los casos nadie pueda vincular el veneno con usted.

Nigel asintió.

—Es bastante exacto. Y, dadas las circunstancias, no resulta muy agradable admitirlo, pero el caso es que esos venenos fueron destruidos por lo menos hace quince días.

—Eso es lo que usted cree, Mr. Chapman, pero puede que en realidad no fuera así.

Nigel lo miró extrañado.

—¿Qué quiere usted decir?

—¿Cuánto tiempo los conservó en su poder?

Nigel reflexionó.

—El tubo de hioscina unos diez días y el tartrato de morfina, cuatro. La tintura de digitalina la había conseguido aquella misma tarde.

—¿Y dónde los guardaba?

—En el fondo de uno de los cajones de la cómoda, debajo de los calcetines.

—¿Sabía alguien más que los tenía allí?

—No, no. Estoy seguro de que no.

No obstante, hubo una ligera vacilación en su voz que el inspector no pasó por alto, aunque, de momento, no insistió sobre aquel punto.

—¿Le dijo a alguien lo que estaba haciendo? ¿Le habló de sus métodos, de cómo iba a obtener los venenos?

—No. Por lo menos, no lo hice.

—Ha dicho «por lo menos», Mr. Chapman.

—En realidad no dije nada. Pensaba decírselo a Pat, pero me pareció que no lo aprobaría. Es muy intransigente, así que tampoco se lo conté.

—¿No le contó nada del robo en el coche del médico, de la receta, ni de la morfina del hospital?

—En realidad, después le hablé de la digitalina, de la receta para comprarla en la farmacia y de lo del disfraz de médico del hospital. Lamento decir que no le divirtió. No le conté lo del robo del coche, porque hubiera montado un escándalo.

—¿Le dijo que pensaba destruirlos en cuanto ganara la apuesta?

—Sí. Estaba preocupada y empezó a decir que debía devolverlos o algo por el estilo.

—¿A usted no se le había ocurrido eso?

—¡Diablos, no! Eso hubiera sido fatal. Me habría acarreado muchos disgustos. No, los tres arrojamos al fuego las pastillas y el polvo, y vertimos la tintura en el lavabo. Eso fue todo. No hicimos daño a nadie.

—Usted dice eso, Mr. Chapman, pero es muy posible que lo causara.

—¿Cómo es posible, si los venenos se hicieron desaparecer de la forma que le digo?

—Mr. Chapman, ¿no se le ha ocurrido pensar que alguien pudo ver dónde guardaba esas sustancias, o encontrarlas por casualidad, y, después de vaciar el frasco de la morfina, reemplazarla con cualquier otra cosa?

—¡Por todos los diablos, no! —Nigel lo miró con los ojos muy abiertos—. Nunca se me ocurrió pensar nada de eso. No lo creo.

—Pero es una posibilidad, Mr. Chapman.

—Nadie podía saberlo.

—Yo diría que en un lugar como este se saben muchas más cosas de las que usted pueda imaginar.

—¿Se refiere a espiar?

—Sí.

—Tal vez tenga usted razón.

—¿Qué estudiantes suelen estar normalmente en su habitación?

—La comparto con Len Bateson, y la mayoría de los muchachos han entrado alguna vez. Las chicas no, desde luego. Ellas no pueden entrar en la parte de la casa donde están nuestros dormitorios. Integridad. Moralidad absoluta.

—Se supone que no, pero pueden hacerlo, ¿no?

—Cualquiera puede —replicó Nigel—. Y a cualquier hora del día. Por ejemplo, por la tarde no hay nadie allí.

—¿Miss Lane ha ido alguna vez a su habitación?

—Espero que no lo pregunte con mala intención, inspector. Pat va algunas veces a mi habitación a dejar algún par de calcetines remendados, pero nada más.

—¿Se da cuenta, Mr. Chapman, de que la persona con más facilidad para apoderarse del veneno y sustituirlo por cualquier otra cosa fue usted mismo?

Nigel lo miró con una expresión dura en su rostro macilento.

—Sí —respondió—. Acabo de darme cuenta. Pero yo no tenía motivos para matar a esa chica, inspector, y no lo hice. Sin embargo, comprendo que usted no tiene más que mi palabra.

Capítulo 11

La historia de la apuesta y de la destrucción de los venenos fue confirmada por Len Bateson y Colin McNabb. Sharpe retuvo a Colin cuando los otros se marcharon.

—No quisiera causarle más dolor del que ya siente, Mr. McNabb. Y comprendo lo que debe de ser para usted que su novia fuera envenenada la misma noche del compromiso.

—No hay que mirarlo desde ese aspecto —replicó Colin con el rostro inmutable—. No tiene por qué preocuparse de mis sentimientos. Pregúnteme lo que quiera, lo que considere que pueda serle de alguna utilidad.

—En su opinión, ¿el comportamiento de Celia Austin tenía un motivo psicológico?

—No cabe la menor duda. Si quiere usted que le exponga la teoría del caso...

—No, no —se apresuró a contestar el inspector—. Acepto su opinión como estudiante de Psicología.

—Su niñez fue muy desgraciada y le ocasionó un bloqueo emocional.

—Claro, claro. —El inspector Sharpe procuraba desesperadamente evitar el relato de otra niñez desafortunada. Con la de Nigel ya tenía suficiente.

—¿Hacía tiempo que se sentía atraído por ella?

—Yo no diría eso precisamente —replicó el joven, considerando el asunto a conciencia—. Algunas veces estas cosas le sorprenden a uno por la forma en que hacen su aparición. Sin duda me atraía inconscientemente, aunque yo no me daba cuenta. Como no tenía intención de casarme joven, sin duda ofrecía una resistencia considerable a aceptar la idea en mi consciente.

—Sí. Eso mismo. ¿Y Celia Austin estaba feliz con el compromiso? Quiero decir, ¿no expresó dudas? ¿Incertidumbre? ¿No hubo nada que creyera conveniente confesarle?

—Hizo una confesión completa de todo lo que había hecho. En su mente no quedó nada que la preocupara.

—¿Cuándo pensaban casarse?

—El casamiento hubiera ido para largo. De momento, no estoy en posición de mantener a una esposa.

—¿Tenía Celia algún enemigo aquí? ¿Alguien que no la quisiera bien?

—Me cuesta creerlo, inspector. He estado pensando mucho en ello. Aquí todos la querían. Considero que no fue una cuestión personal la que puso fin a su vida.

—¿Qué quiere usted decir con eso de «una cuestión personal»?

—No quisiera precisar demasiado, al menos por ahora. Es solo una idea vaga que se me ha ocurrido y aún no lo veo claro.

El inspector no consiguió sacarle nada más.

Las dos últimas estudiantes por interrogar eran Sally Finch y Elizabeth Johnston. Sharpe se entrevistó primero con Sally.

Era una atractiva pelirroja, con ojos brillantes e inteligentes. Después de las preguntas de rigor, Sally Finch tomó de pronto la iniciativa.

—¿Sabe usted lo que me gustaría hacer, inspector? Decirle lo que pienso, mi opinión personal. Hay algo malo en esta casa, algo muy malo. Estoy segura.

—¿Se refiere a que Celia Austin fue envenenada?

—No, me refiero a antes de eso. Ya hace tiempo que

tengo esa impresión. No me gustaron las cosas que venían ocurriendo. No me agradó que destrozaran aquella mochila ni que hicieran pedazos la bufanda de Valerie. Ni tampoco que mancharan de tinta los apuntes de la Negra Bess. Pensaba marcharme de aquí cuantos antes, y eso es lo que haré en cuanto me lo permitan.

—¿Quiere decir que tiene usted miedo de algo, miss Finch?

Sally asintió.

—Sí. Tengo miedo. Aquí hay algo o alguien despiadado. Todo este lugar no es lo que parece. No, no, inspector, no me refiero a los comunistas. Veo la palabra temblando en sus labios. No me refiero a los comunistas. Quizá ni siquiera sea nada criminal. No lo sé. Pero le apuesto lo que quiera a que esa horrible vieja lo sabe todo.

—¿Qué vieja? ¿No se referirá a Mrs. Hubbard?

—No. Mrs. Hubbard es un encanto. Me refiero a la vieja Nicoletis. Esa bruja.

—Esto es interesante, miss Finch. ¿No puede precisar un poco más? Me refiero a Mrs. Nicoletis.

—No. Todo cuanto puedo decirle es que cada vez que pasa por mi lado me da repelús. Algo extraño está ocurriendo aquí, inspector.

—Me gustaría que pudiera ser algo más explícita.

—A mí también. Creerá usted que tengo mucha imaginación. Bueno, tal vez, pero otras personas piensan igual que yo. Mr. Akibombo, por ejemplo. Está asustado. Y la Negra Bess también, aunque no quiera confesarlo. Y creo que Celia sabía algo de todo esto.

—¿Que sabía algo de qué?

—Esa es la cuestión. ¿De qué? Dijo algo el último día sobre aclararlo todo. Ella había confesado su participación, pero insinuó que sabía algo de otros asuntos y que deseaba verlos aclarados. Creo que sabía algo sobre alguien, inspector. Por eso la asesinaron.

—Pero si era algo tan serio...

Sally le interrumpió:

—Yo no digo que ella supiera que se trataba de algo serio. No era muy inteligente. Más bien era bastante tonta. Debió de enterarse de algo sin comprender que era peligroso. De todas formas esa es mi opinión, por si le sirve de algo.

—Gracias. ¿La última vez que vio a Celia Austin fue anoche en el salón, después de cenar?

—Sí. Aunque, a decir verdad, la vi después.

—¿La vio usted después? ¿Dónde? ¿En su habitación?

—No. Cuando me iba a mi habitación, ella salía por la puerta principal.

—¿Que salía por la puerta principal? ¿Fuera de la casa, quiere usted decir?

—Sí.

—Eso es bastante curioso. Nadie más ha hablado de ello.

—Yo diría que no lo saben. Ella dio las buenas noches y dijo que iba a acostarse, y si no la hubiera visto, habría creído que estaba en su habitación.

—Mientras que en realidad subió, se puso ropa de abrigo y salió de la casa. ¿No es eso?

Sally asintió.

—Y creo que salió para encontrarse con alguien.

—Alguien ajeno a la casa. ¿O quizá alguno de los estudiantes?

—Creo que debía de ser uno de los estudiantes. Comprenda, si ella deseaba hablar privadamente con alguien, era difícil hacerlo en la casa, y tal vez quedaran en encontrarse en otro sitio.

—¿Tiene idea de cuándo regresó?

—En absoluto.

—¿Lo sabrá Geronimo, el criado?

—Sí, sí volvió después de las once, porque a esa hora

echa el cerrojo. Hasta entonces cada uno puede abrir con su propia llave.

—¿Recuerda qué hora era cuando la vio salir de casa?

—Yo diría que alrededor de las diez. Tal vez un poco después, pero no mucho.

—Gracias por lo que acaba de contarme, miss Finch.

Por último, el inspector habló con Elizabeth Johnston. De inmediato le impresionó la serena inteligencia de la joven. Contestó a las preguntas con decisión y claridad, esperando luego a que continuara.

—Celia Austin negó categóricamente haber estropeado sus apuntes, miss Johnston. ¿La creyó usted?

—Yo no creo que lo hiciera Celia.

—¿No sabe quién fue?

—La respuesta obvia es Nigel Chapman, pero me resulta demasiado evidente. Nigel no es tonto y no hubiera utilizado su propia tinta.

—Y si no fue Nigel, ¿quién fue?

—Eso ya es más difícil. Pero creo que Celia sabía quién o, por lo menos, se lo figuraba.

—¿Se lo contó ella?

—No del todo. Aunque la noche de su muerte vino a mi habitación antes de la cena para decirme que, a pesar de ser la responsable de los robos, no había estropeado mi trabajo. Yo le dije que la creía y le pregunté si sabía quién lo había hecho.

—¿Y qué le contestó?

—Me dijo —Elizabeth hizo una pausa, para asegurarse de la exactitud de lo que iba a decir—: «En realidad no puedo estar segura porque no veo el motivo. Pudo ser una equivocación o un accidente. Estoy convencida de que el que lo hizo lo lamenta muchísimo y le gustaría confesarlo». Celia continuó: «Hay algunas cosas que no comprendo, como la desaparición de las bombillas el día que vino la policía».

—¿Qué es eso de la policía y las bombillas? —interrumpió Sharpe.

—No lo sé. Todo lo que Celia dijo fue: «Yo no las cogí». Y luego agregó: «Me pregunto si tendrá algo que ver con el pasaporte». Yo le pregunté: «¿De qué pasaporte estás hablando?». Y me contestó: «Creo que alguien tiene un pasaporte falso».

El inspector guardó silencio unos instantes.

Finalmente, un patrón iba tomando forma. Un pasaporte.

—¿Qué más le dijo?

—Nada más. Solo: «De todas formas, mañana sabré algo más».

—¿Eso dijo? «Mañana sabré algo más.» Es una observación muy significativa, miss Johnston.

—Sí.

El inspector volvió a reflexionar en silencio.

Algo referente a un pasaporte y a una visita de la policía. Antes de ir a Hickory Road había revisado cuidadosamente los archivos. Se vigilaban muy de cerca las residencias que albergaban a estudiantes extranjeros, y el 26 de Hickory Road tenía buenos informes. Los detalles eran escasos y poco sugerentes. Un estudiante de África occidental reclamado por la policía por explotar a una mujer. El estudiante había estado unos días en Hickory Road, lo habían detenido en otra pensión y luego lo habían deportado. Hubo también una inspección rutinaria en todas las pensiones y residencias en busca de un euroasiático relacionado con el asesinato de la esposa de un tabernero en Cambridge. Todo quedó aclarado cuando el joven en cuestión se presentó en la comisaría de Hull para confesarse autor del crimen. Había habido también una investigación sobre el reparto de folletos subversivos entre los estudiantes. Todos estos sucesos habían ocurrido tiempo atrás y no era posible que tuvieran nada que ver con la muerte de Celia Austin.

Con un suspiro, alzó la cabeza y se encontró con la mirada inteligente de Elizabeth Johnston.

—Dígame, miss Johnston —preguntó llevado por un impulso—, ¿tiene usted o ha tenido alguna vez la impresión de que hay algo raro en esta casa?

Ella pareció sorprenderse.

—¿Raro? ¿En qué sentido?

—No sabría decirle. Estaba pensando en algo que me ha dicho miss Sally Finch.

—¡Oh, Sally Finch!

La entonación de su voz le resultó difícil de interpretar, pero se sintió interesado.

—Miss Finch parece ser una buena observadora, inteligente y práctica. Ha insistido en que hay algo... algo extraño en esta casa, aunque no ha sabido explicar en qué consiste.

—Ese es el modo de ser norteamericano —replicó Elizabeth con viveza—. Son todas iguales. Nerviosas, aprensivas, sospechan de cualquier tontería. Fíjese cómo se ponen en ridículo con sus cazas de brujas, la manía de espiar, el histerismo y la obsesión por el comunismo. Sally Finch es un caso típico.

El interés del inspector aumentó. De modo que a Elizabeth le desagradaba Sally Finch. ¿Por qué? ¿Porque Sally era norteamericana? ¿O acaso a Elizabeth le desagradaban las norteamericanas porque Sally Finch lo era y tenía un motivo para que la atractiva pelirroja no le fuera simpática? Tal vez fuesen simples celos femeninos.

Echó mano de un recurso que algunas veces le había dado buenos resultados.

—Como puede usted apreciar, miss Johnston —manifestó con voz suave—, en una residencia como esta, el nivel de inteligencia varía muchísimo. A algunas personas, a la mayoría, solo les preguntamos hechos concretos. Pero cuando tropezamos con alguien de inteligencia superior...

Hizo una pausa. El comentario era halagador. ¿Respondería?

Tras un breve silencio, obtuvo su recompensa.

—Creo comprenderle, inspector. Aquí el nivel intelectual no es muy alto, como bien ha dicho usted. Nigel Chapman tiene cierta rapidez intelectual, aunque su mente es muy superficial. Leonard Bateson es trabajador, pero nada más. Valerie Hobhouse posee una fina capacidad de percepción, aunque sus miras son únicamente comerciales, y es demasiado perezosa para emplear su cerebro en algo que merezca la pena. Lo que usted desea es la ayuda de una mentalidad disciplinada.

—Como la suya, miss Johnston.

Ella aceptó el cumplido sin protestar y el inspector comprendió interesado que, detrás de sus modales modestos y amables, se ocultaba una mujer claramente arrogante en la valoración de sus propias cualidades.

—Comparto su opinión respecto a sus compañeros estudiantes, miss Johnston. Chapman es inteligente, aunque infantil. Valerie Hobhouse tiene cualidades, pero adopta una actitud *blasé* ante la vida. Usted, como acaba de decir, tiene una mente disciplinada, y por eso valoro sus puntos de vista: me interesan mucho las opiniones de una inteligencia poderosa y destacada.

Por un momento creyó haberse excedido, pero no tenía nada que temer.

—No hay nada raro en esta casa, inspector. No haga caso de Sally. Es una residencia muy decente y bien dirigida. Estoy segura de que aquí no encontrará el menor rastro de actividades subversivas.

El inspector Sharpe se quedó un tanto sorprendido.

—En realidad, no pensaba en actividades subversivas.

—Oh, ya. —Elizabeth se quedó desconcertada—. Yo me refería a lo que Celia contó de un pasaporte. Pero, mirándolo con imparcialidad y sopesando toda la evidencia, parece casi seguro que la muerte de Celia fue debida a un motivo particular, tal vez a alguna complicación amorosa. Estoy segura de que no tuvo nada que ver con la residencia como tal, ni «que aquí ocurra nada extraño». Estoy convencida de que no pasa nada. De ser así, me habría dado cuenta, poseo una sensibilidad muy aguda.

—Bien, gracias, miss Johnston. Ha sido usted muy amable prestándome su ayuda.

Elizabeth Johnston se marchó y el inspector Sharpe se quedó mirando la puerta cerrada. El sargento Cobb tuvo que hablarle dos veces para sacarlo de su ensimismamiento.

—¿Cómo?

—He dicho que ya no queda nadie más, inspector.

—Sí, ¿y qué hemos conseguido? Poquísimo. Pero voy a decirle algo, Cobb: mañana vendré aquí con una orden de registro. Ahora nos marcharemos muy amablemente y creerán que todo se ha acabado. Pero aquí ocurre algo. Mañana lo registraremos de arriba abajo, cosa nada fácil cuando se ignora lo que se busca, aunque existe la posibilidad de que encuentre algo que me dé una pista. Esa joven que acaba de salir es muy interesante. Posee el ego de un Napoleón, y sospecho que sabe algo.

Capítulo 12

1

Mientras despachaba su correspondencia, Hércules Poirot se detuvo en medio de la frase que estaba dictando. Miss Lemon lo miró con gesto interrogante.

—Sí, monsieur Poirot.

—¡Mi mente se distrae! —El detective alzó una mano—. Después de todo, esta carta no es importante. Miss Lemon, tenga la bondad de llamar a su hermana por teléfono.

—Sí, monsieur Poirot.

Al cabo de unos instantes, Poirot cruzó la habitación para coger el teléfono de manos de su secretaria

—¡Hola!

—¿Diga, monsieur Poirot?

Mrs. Hubbard jadeaba un poco.

—Espero no haberla molestado, Mrs. Hubbard.

—Ya no hay nada que pueda molestarme.

—Un día agitado, ¿verdad? —preguntó el detective con cortesía.

—Es un modo muy delicado de decirlo, monsieur Poirot. Eso es exactamente lo que ha sido. Ayer el inspector Sharpe interrogó a todos los estudiantes. Hoy se ha presentado aquí con una orden de registro y ahora tengo a Mrs. Nicoletis completamente histérica.

Poirot emitió unos ruiditos de consuelo.

—Quisiera hacerle una pregunta. Usted me envió una lista de objetos desaparecidos y otros sucesos extraños, y lo que deseo preguntarle es lo siguiente: ¿escribió la lista siguiendo un orden cronológico?

—¿Cómo?

—Quiero decir si lo fue anotando según el orden en que fueron ocurriendo.

—No. Lo siento, lo anoté a medida que lo iba recordando. Lamento haberle despistado.

—Debería habérselo preguntado antes. Pero entonces no me pareció importante. Aquí tengo la lista. Un zapato de noche, una pulsera, un anillo con un brillante, una polvera, un mechero, un estetoscopio y lo demás. Pero ¿dice usted que no fue ese el orden de su desaparición?

—No.

—¿Lo recuerda ahora o le resultaría demasiado difícil darme el orden debido?

—No estoy segura, monsieur Poirot. Comprenda que ha pasado mucho tiempo. Tendría que pensarlo. En realidad, después de hablar con mi hermana y saber que iría a verle, hice la lista, y creo que lo anoté todo a medida que lo iba recordando. El zapato de noche porque era muy peculiar. Luego lo de la pulsera, la polvera, el encendedor y el anillo, porque eran cosas importantes y parecía que teníamos entre nosotros a un ladrón auténtico. Después recordé las menos importantes y las añadí a la lista. Me refiero al ácido bórico, las bombillas y la mochila. La verdad es que no tenían importancia y me acordé de ellas por casualidad.

—Sí, ya comprendo. Ahora quisiera pedirle que, cuando tenga un rato libre y con toda tranquilidad, es decir...

—Tal vez cuando acueste a Mrs. Nicoletis, le dé un calmante y tranquilice a Geronimo y Maria tendré un poco de tiempo. ¿Qué quiere que haga?

—Que escriba, con la mayor precisión posible, el orden cronológico en que sucedieron los diversos incidentes.

—Desde luego, monsieur Poirot. Creo que la mochila fue lo primero y las bombillas, que no creí que tuvieran relación con las otras cosas, y luego la pulsera y la polvera. No, el zapato de noche. Pero, bueno, no querrá usted oírme divagar ahora. Se lo escribiré lo mejor que pueda.

—Gracias, madame. Le quedaré muy agradecido.

Y Poirot colgó el teléfono.

—Estoy enfadado conmigo mismo —le dijo a miss Lemon—. Me he apartado de los principios del orden y el método. Desde el principio, debí haber considerado cada uno de los robos en el orden en que ocurrieron.

—Vaya, vaya —dijo miss Lemon mecánicamente—. ¿Va a terminar de dictar ahora estas cartas, monsieur Poirot?

Pero el detective, con un gesto indignado, rechazó de nuevo ocuparse de las cartas.

2

La mañana del sábado, cuando se presentó en Hickory Road con una orden de registro, el inspector Sharpe solicitó una entrevista con Mrs. Nicoletis, que siempre acudía los sábados a pasar cuentas con Mrs. Hubbard, para explicarle lo que pensaba hacer.

Mrs. Nicoletis protestó enérgicamente.

—¡Esto es un insulto! Mis estudiantes se marcharán... se marcharán. Será mi ruina.

—No, no, señora. Estoy seguro de que serán razonables. Al fin y al cabo, se trata de un asesinato.

—No ha sido un asesinato, sino un suicidio.

—Estoy seguro de que, una vez yo les explique lo que ocurre, nadie tendrá inconveniente.

Mrs. Hubbard intervino conciliadora.

—Estoy segura de que todos serán razonables, excepto

—agregó, pensativa— tal vez Mr. Achmed Ali y Mr. Chandra Lal.

—¡Bah! —replicó Mrs. Nicoletis—. ¿Quién se preocupa por ellos?

—Gracias, señora —dijo el inspector—. Entonces empezaremos aquí, en el salón.

La reacción de Mrs. Nicoletis fue una protesta inmediata y violenta.

—Registre lo que quiera, ¡pero aquí no! Me niego.

—Lo siento, Mrs. Nicoletis, tengo que registrar toda la casa de arriba abajo.

—Muy bien, pero no mis habitaciones. Yo estoy por encima de la ley.

—Nadie está por encima de la ley. Tengo que exigirle que acceda.

—Esto es un ultraje —chilló Mrs. Nicoletis, furiosa—. Ustedes son unos entrometidos. Escribiré a todo el mundo. Escribiré a mi diputado, a los periódicos.

—Escriba a quien quiera, señora —replicó el inspector—, pero yo voy a registrar esta habitación.

Se dirigió al escritorio. Una gran caja de bombones, un montón de papeles y una considerable variedad de chucherías fue el resultado de su registro. Luego fue hacia el armario que estaba en un rincón.

—Está cerrado. ¿Quiere darme la llave?

—¡Nunca! —gritó Mrs. Nicoletis—. ¡Nunca, nunca, nunca tendrá esa llave! ¡Animal! ¡Cerdo! Le escupo, le escupo.

—Deme usted la llave —replicó el inspector Sharpe— o haré saltar la cerradura.

—¡No le daré la llave! ¡Tendrá que arrancarme la ropa! Y eso... eso sería un escándalo.

—Traiga una palanqueta, Cobb —dijo el inspector, resignado.

Mrs. Nicoletis lanzó un grito de furia. El inspector no le

prestó atención. Trajeron la palanqueta y, tras un par de intentos, se abrió la puerta del armario. Un montón de botellas de coñac vacías cayeron al suelo.

—¡Cerdo! ¡Salvaje! ¡Demonio! —vociferó Mrs. Nicoletis.

—Gracias, señora. Ya hemos terminado.

Y Mrs. Hubbard volvió a guardar las botellas en su sitio mientras Mrs. Nicoletis sufría un ataque de histeria.

El misterio de los arrebatos de Mrs. Nicoletis acababa de ser aclarado.

3

La llamada de Poirot llegó precisamente en el momento en que Mrs. Hubbard estaba preparando una dosis de calmante en su salón particular. Después de colgar el teléfono, volvió con Mrs. Nicoletis, a la que había dejado gritando y pataleando en el sofá de su propio salón.

—Ahora bébase esto. Se encontrará mucho mejor.

—¡Gestapo! —exclamó Mrs. Nicoletis, que permanecía quieta, aunque ceñuda.

—Yo que usted no pensaría más en lo ocurrido —dijo Mrs. Hubbard tratando de consolarla.

—¡Gestapo! —repitió Mrs. Nicoletis—. ¡De la Gestapo! ¡Eso es lo que son!

—Tienen que hacer su trabajo —replicó la hermana de miss Lemon.

—¿Es su deber meter las narices en mis armarios? Yo les he dicho: «Eso no es para ustedes». Lo he cerrado con llave y me la he escondido en el pecho. De no haber estado usted presente, me hubieran arrancado el vestido sin el menor reparo.

—¡Oh, no, no creo que hubiesen hecho algo así!

—¡Eso es lo que usted dice! En cambio, han traído una

palanqueta y han roto la cerradura. Ese es un desperfecto para la casa, del cual yo seré la responsable.

—Si usted les hubiera dado la llave...

—¿Por qué había de dársela? Es mía. Mi llave, y este es mi salón particular. Les he dicho a los policías. «Salgan de aquí», y no se han ido.

—Bien, después de todo, Mrs. Nicoletis, recuerde que ha habido un asesinato y, cuando se ha cometido un asesinato, hay que soportar situaciones que, en ocasiones ordinarias, no resultan demasiado agradables.

—¡Qué crimen ni qué majaderías! —replicó Mrs. Nicoletis—. La pobre Celia se suicidó. Tuvo un ridículo amorío y se envenenó. Es una de esas cosas que ocurren continuamente. Esas chicas son tan estúpidas en cuestiones de amor, ¡como si el amor tuviera importancia! ¡Uno o dos años y la gran pasión se acaba! ¡Cualquier hombre es igual a otro! Pero estas ridículas chicas no lo saben. Toman pastillas para dormir, o desinfectantes, o abren la llave del gas y luego es demasiado tarde.

—Bueno —dijo Mrs. Hubbard, volviendo la conversación hacia el punto en que había comenzado—. Yo no me atormentaría más.

—Eso puede hacerlo usted, pero yo tengo que fastidiarme. Ya no volveré a estar segura.

—¿Segura? —Mrs. Hubbard la miró, sobresaltada.

—Era mi armario privado. Nadie sabía lo que guardaba en su interior. No quería que lo supieran. Y ahora lo sabrán todos. Estoy intranquila. Pueden pensar... ¿Qué pensarán?

—¿A quiénes se refiere?

Mrs. Nicoletis se encogió de hombros con aire triste.

—Usted no lo comprende, pero estoy intranquila. Muy intranquila.

—¿Por qué no me lo explica? Tal vez entonces pueda ayudarla.

—Gracias a Dios que no duermo aquí —comentó Mrs.

Nicoletis—. Todas las puertas tienen las mismas cerraduras. No, gracias a Dios no duermo aquí.

—Mrs. Nicoletis, si teme usted algo, ¿no sería mejor que me dijera de qué se trata?

Esta la miró un instante con ojos sombríos y luego volvió a apartar la vista.

—Usted misma lo ha dicho —replicó en tono evasivo—. Usted ha dicho que en esta casa se ha cometido un crimen, así que es natural que esté intranquila. ¿Quién será la próxima víctima? Ni siquiera sabemos quién es el asesino. Eso ocurre porque la policía es estúpida, o porque ha sido sobornada.

—Lo que acaba de decir es una tontería, y lo sabe. Pero, dígame, ¿tiene usted algún motivo para sentir verdadera inquietud?

Mrs. Nicoletis volvió a sus arranques de genio.

—¡Ah!, ¿cree usted que no tengo motivos para estar intranquila? ¡Como siempre lo sabe todo! Es tan maravillosa. Usted administra, usted dirige, usted gasta el dinero en comida como el agua, de modo que los estudiantes la aprecian y ahora quiere dirigir mis asuntos. ¡Pero eso no! Yo me cuido de mis cosas y nadie tiene derecho a meterse en lo que yo hago, ¿oye usted? ¡No, señora entrometida!

—Lo que usted diga —exclamó Mrs. Hubbard, exasperada.

—Usted es una espía, siempre lo he sabido.

—¿Qué es lo que yo espío?

—Nada —replicó Mrs. Nicoletis—. Aquí no hay nada que espiar. Si usted cree lo contrario, es porque se lo inventa. Si cuentan mentiras sobre mí, ya sabré quién ha sido.

—Si quiere que me marche, solo tiene que decirlo.

—No, usted no se marchará. Se lo prohíbo. Y menos en estos momentos. Ahora que tengo que habérmelas con la policía, con un crimen y todo lo demás, no le permitiré que me abandone.

—Oh, está bien —respondió Mrs. Hubbard, resignada—. Pero la verdad es que es muy difícil saber lo que usted quiere. Algunas veces creo que ni usted misma lo sabe. Será mejor que se acueste en mi cama y procure dormir.

Capítulo 13

Hércules Poirot se apeó del taxi ante el 26 de Hickory Road.

Geronimo le abrió la puerta y lo recibió como a un viejo amigo. Había un policía en el vestíbulo y el criado condujo al detective al comedor y cerró la puerta.

—Es terrible —susurró, mientras ayudaba a Poirot a quitarse el abrigo—. ¡Tenemos a la policía todo el día en la casa! Hacen preguntas, van de aquí para allá registrando armarios, vaciando cajones, incluso entran en la cocina. Maria se pone furiosa. Dice que le gustaría pegar a un policía con el rodillo de amasar, pero yo le digo que es mejor que no lo haga, que a los policías no les gusta que les peguen con el rodillo de amasar y que si les pega aún nos causarían más molestias.

—La aconsejó usted con muy buen sentido. ¿Podría ver a Mrs. Hubbard?

—Lo acompañaré arriba.

—Un momento —Poirot le detuvo—. ¿Recuerda el día en que desaparecieron las bombillas?

—¡Oh, sí, lo recuerdo! Pero hace ya mucho tiempo. Uno, dos o tres meses.

—¿Qué bombillas se llevaron?

—La del vestíbulo y creo que la del salón. Alguien debió de querer gastar una broma y se llevó las bombillas.

—¿Recuerda en qué fecha fue?

Geronimo trató de hacer memoria.

—No lo recuerdo. Pero creo que fue el día que vino un policía, en el mes de febrero.

—¿Un policía? ¿A qué vino a esta casa?

—Vino a ver a Mrs. Nicoletis para preguntarle por un estudiante muy malo venido de África. No trabajaba, cobraba el subsidio de paro y era un proxeneta. Un caso lamentable. A la policía no le gustó. Todo esto ocurrió en Manchester o en Sheffield. Se escapó de allí y vino aquí. Pero la policía lo siguió y le hablaron de él a Mrs. Hubbard. Sí. Y ella dijo que no se había quedado aquí porque no le gustaban los individuos de su calaña y lo había echado de la residencia.

—Intentaban seguir su pista.

—*Scusi?*

—¿Querían dar con su paradero?

—Sí, sí, eso es. Finalmente lo encontraron y lo encarcelaron porque explotaba a una mujer, y eso no debe hacerse. Esta es una casa respetable. Aquí no se hacen esas cosas.

—¿Y ese día desaparecieron las bombillas?

—Sí, apreté el interruptor y la luz no se encendió. Fui al salón y tampoco había luz. Busqué en el cajón donde guardamos las de repuesto y vi que se las habían llevado. Así que tuve que bajar a la cocina y preguntarle a Maria si sabía dónde había otras, pero se puso furiosa porque no le gusta la policía y dijo que aquello no era de su incumbencia. Por lo tanto, encendí algunas velas.

Poirot fue digiriendo aquella historia mientras seguía a Geronimo escaleras arriba hasta la habitación de Mrs. Hubbard.

El detective fue recibido calurosamente por la hermana de su secretaria, que parecía cansada e inquieta. En el acto le alargó un pedazo de papel.

—Monsieur Poirot, he hecho todo lo posible por escribir los hechos en el orden correspondiente, pero no me atrevo a asegurar que sea del todo exacta. Comprenda, es muy difícil recordar lo que ocurrió meses atrás.

—Le estoy profundamente agradecido, madame. ¿Y cómo está Mrs. Nicoletis?

—Le he dado un calmante y espero que ahora se haya dormido. Armó un alboroto terrible por lo del registro. Se negó a que abrieran el armario de su cuarto. El inspector forzó la cerradura y nos encontramos un depósito de botellas de coñac vacías.

—¡Ah! —exclamó Poirot, chasqueando la lengua.

—Lo cual explica muchísimas cosas —continuó Mrs. Hubbard—. En realidad, no sé por qué no se me ocurrió antes, habiendo visto tantos alcohólicos en Singapur. Pero estoy segura de que a usted no le interesa todo esto.

—Todo me interesa —replicó el detective. Se sentó dispuesto a estudiar el papel que Mrs. Hubbard acababa de entregarle.

—¡Ah! Veo que la mochila encabeza la lista.

—Sí. No fue algo de demasiada importancia, pero ahora recuerdo perfectamente que ocurrió antes de que empezaran a desaparecer las joyas y las otras cosas. Todo aquello se mezcló con un problema que tuvimos con un estudiante de color. Se marchó de aquí uno o dos días antes de que ocurriera esto y recuerdo haber pensado que tal vez hubiera sido un acto de venganza por su parte antes de marcharse. Había habido cierto contratiempo.

—Geronimo me ha contado algo de ello. Creo que vino la policía, ¿no es así?

—Sí. Al parecer la denuncia venía de Sheffield, Birmingham o algún otro sitio. Había habido un escándalo. Proxenetismo y todas esas cosas. Más tarde lo juzgaron. Lo cierto es que no estuvo aquí más que tres o cuatro días. No me agradaron su comportamiento ni su actitud. Le dije que su habitación estaba comprometida y que tendría que marcharse. No me sorprendí cuando vino un policía. Por supuesto, no pude decirles adonde había ido. Pero, de todas formas, lo detuvieron.

—¿Y fue después de que encontraran la mochila?

—Sí, creo que sí. Es difícil acordarse. Len Bateson se marchaba de excursión. No encontraba su mochila y armó un escándalo terrible. Todos anduvieron buscándola por todas partes, hasta que Geronimo la encontró hecha jirones detrás de la caldera. Fue algo extraño y sin sentido.

—Sí —convino Poirot—. Extraño y sin sentido. —Permaneció pensativo unos instantes—. Y el mismo día que la policía vino a preguntar por ese estudiante africano, desaparecieron las bombillas, o por lo menos eso me dijo Geronimo. ¿Fue ese mismo día?

—En realidad no estoy segura. Sí, sí, creo que tiene razón, porque recuerdo que bajé con el inspector de policía para ir al salón y había velas encendidas. Queríamos preguntar a Mr. Akibombo si aquel individuo había hablado con él o si le había dicho adónde pensaba dirigirse.

—¿Quién más estaba en el salón?

—Me parece que a aquella hora habían regresado la mayoría de los estudiantes. Era por la tarde, a eso de las seis. Le pregunté a Geronimo por las bombillas y dijo que las habían quitado. Al preguntarle por qué no había puesto otras, me contestó que tampoco estaban las de recambio. Me disgusté bastante, porque me pareció una broma estúpida. Creía que era un broma, no un robo, aunque me sorprendió que no se encontrasen más bombillas, porque siempre tenemos bastantes de reserva. Sin embargo, no me lo tomé en serio, monsieur Poirot, por lo menos entonces.

—Las bombillas y la mochila —comentó el detective, pensativo.

—Pero todavía creo posible que esas dos cosas no tuvieran relación alguna con los pecadillos de la pobre Celia. Recuerde que ella negó rotundamente haber tocado la mochila.

—Sí, sí, eso es cierto. ¿Cuánto tardaron en producirse los robos?

—Ay, monsieur Poirot, no tiene usted idea de lo difícil que es recordar todo esto. Déjeme pensar: eso fue en marzo. No, en febrero, a finales de febrero. Sí, sí, creo que Genevieve echó de menos su polvera una semana después de eso. Sí, entre el veinte y el veinticinco de febrero.

—¿Y a partir de entonces los robos se fueron sucediendo con continuidad?

—Sí.

—¿Y la mochila era de Len Bateson?

—Sí.

—¿Y se enfadó muchísimo?

—No se deje enredar por eso, monsieur Poirot —replicó Mrs. Hubbard, sonriendo ligeramente—. Len Bateson es de esa clase de muchachos de buen corazón, generoso, que sabe perdonar una falta, pero posee un temperamento vehemente y dice las cosas tal como las siente.

—¿La mochila tenía alguna característica especial?

—Oh, no, era muy corriente.

—¿Podría enseñarme alguna parecida?

—Sí, por supuesto. Colin tiene una igual. Y también Nigel. Y Len tiene una nueva porque tuvo que comprarse otra. Los estudiantes las compran en la tienda que hay al final de esta calle. Venden toda clase de artículos para camping y ropa para excursionistas: pantalones cortos, sacos de dormir, toda esa clase de cosas. Y muy barato, mucho más que en cualquiera de los grandes almacenes.

—¿Podría enseñarme una de esas mochilas, madame?

Mrs. Hubbard lo acompañó a la habitación de Colin McNabb.

Colin no estaba, pero Mrs. Hubbard abrió el armario y sacó una mochila que ofreció a Poirot.

—Aquí tiene. Esta es idéntica a la que desapareció y que encontramos hecha pedazos.

—Pues debieron de necesitar un buen cuchillo —murmuró Poirot, mientras palpaba la lona—. No sería posible hacerlo con unas tijeritas de bordar.

—Oh, no es lo que se podría esperar de una joven, por ejemplo. Hace falta bastante fuerza. Sí, fuerza y mala intención.

—Sí, ya sé. No es algo que resulte agradable recordar.

—Cuando más tarde se encontró la bufanda de Valerie también hecha pedazos, me pareció obra de un loco.

—Ah. Creo que en eso se equivoca. No me parece obra de un loco, sino de alguien que lo hizo con intención y, digamos, con método.

—Supongo que usted sabrá más que yo de estas cosas, monsieur Poirot. Todo lo que puedo decir es que no me gusta. A mi juicio, tenemos aquí a un grupo de magníficos estudiantes y me disgustaría mucho pensar que uno de ellos sea... No quiero ni pensarlo.

Poirot se había acercado a la ventana. La abrió para asomarse al anticuado balcón.

La habitación daba a la parte posterior de la casa. Abajo había un pequeño jardín ennegrecido por el hollín.

—Supongo que esta parte es más tranquila que la de delante.

—No mucho más. Hickory Road no es muy ruidosa. Y por este lado hay que aguantar a los gatos maullando y haciendo caer las tapas de los cubos de basura.

Poirot contempló los cuatro grandes cubos abollados y un montón de trastos viejos.

—¿Dónde está el cuarto de calderas?

—En aquella puerta, junto a la carbonera.

—Ya. —Poirot la contempló interesado—. ¿Hay alguien más cuya habitación dé a esta parte de la casa?

—Nigel Chapman y Len Bateson ocupan la habitación vecina.

—¿Y la siguiente?

—Comienza la otra casa y las habitaciones de las chicas. Primero la de Celia, sigue la de Elizabeth Johnston y luego la de Patricia Lane. Las de Valerie y Jean Tomlinson dan a la calle.

Poirot entró de nuevo en la habitación.

—Este joven es muy ordenado —murmuró contemplando la habitación.

—Sí. Colin siempre tiene la habitación impecable. Algunos tienen los cuartos como auténticas leoneras. Debería usted ver el dormitorio de Len Bateson. —Agregó con indulgencia—: Pero es un muchacho muy simpático, monsieur Poirot.

—¿Y dice usted que esas mochilas las compran en una tienda al final de la calle?

—Sí.

—¿Cómo se llama esa tienda?

—Pues la verdad, monsieur Poirot, no lo recuerdo. Mabberley, me parece, o tal vez Kelso. No, no se parecen en nada, pero son los únicos nombres que me vienen a la memoria. Claro que podría ser porque conocí a unos Kelso y a unos Mabberley, y eran unas personas muy parecidas.

—Ah. Eso es algo que me ha fascinado siempre. El lazo invisible.

Volvió a asomarse al balcón para contemplar el jardín y, tras despedirse de Mrs. Hubbard, abandonó la casa. Fue caminando hasta llegar al cruce con la calle principal y, una vez allí, no tuvo dificultad en reconocer la tienda descrita por Mrs. Hubbard. En los escaparates había una considerable profusión de cestas, mochilas, termos, cantimploras, equipos deportivos de todo tipo, pantalones cortos, camisas de franela, tiendas de campaña, trajes de baño, faros para bicicletas y linternas; en resumen, todo lo necesario para satisfacer a la juventud atlética. Observó que el nombre del establecimiento no era ni Mabberley ni Kelso, sino Hicks.

Después de un cuidadoso estudio de los géneros expuestos en el escaparate, Poirot entró en la tienda fingiéndose deseoso de comprar una mochila para un sobrino imaginario.

—Practica *le camping*, ¿comprende? —dijo Poirot, con su mejor acento extranjero—. Se marcha a pie con otros estudiantes y todo lo que necesita lo lleva cargado a la espalda. Los coches y camiones que pasan los llevan.

El propietario, un hombre servicial, menudo y de cabellos color ceniza, replicó en el acto:

—Ah, el autoestop. Es muy corriente hoy en día. Aunque los autobuses y las compañías ferroviarias pierden mucho dinero por esa causa. Algunos jóvenes dan la vuelta a toda Europa haciendo autoestop. De modo que lo que usted desea es una mochila. ¿De las corrientes?

—Creo que sí. ¿Es que hay mucha variedad?

—Tenemos un par de modelos livianos para señoritas, pero esta es la que vendemos más. Buen material, fuerte, muy resistente y en realidad muy barata, aunque sea yo quien lo diga.

Le mostró una mochila de lona gruesa, que a juicio del detective era una copia exacta de la que había visto en la habitación de Colin. La examinó, hizo más preguntas innecesarias y terminó por pagar su importe.

—Ah, sí, vendemos muchísimas —comentó el hombre mientras la envolvía.

—Hay muchos estudiantes que se hospedan por aquí, ¿verdad?

—Sí. Está lleno de estudiantes.

—Creo que hay una residencia en Hickory Road.

—Sí. He vendido varias mochilas a los jóvenes de esa residencia, y también a las señoritas. Suelen venir aquí a comprar todo lo que necesitan para salir de excursión. Mis precios son más baratos que los de los grandes almacenes y siempre se lo digo. Aquí tiene, señor, estoy seguro de que su sobrino quedará encantado del servicio que le prestará esta mochila.

Poirot le dio las gracias y salió con el paquete.

No había dado ni dos pasos cuando alguien puso una mano en su hombro.

Era el inspector Sharpe.

—Precisamente el hombre que buscaba —dijo Sharpe.

—¿Ya ha terminado de registrar la casa?

—He registrado la casa, pero no creo haber conseguido nada. Cerca de aquí hay un sitio donde se puede tomar un bocadillo decente y un taza de café. Venga conmigo si no está ocupado. Me gustaría hablar con usted.

El bar en cuestión estaba casi vacío. Los dos hombres se llevaron los platos y las tazas hasta una mesa en un rincón.

Sharpe le puso al corriente del resultado de sus interrogatorios.

—La única persona contra la que tenemos alguna evidencia es el joven Chapman, y, en su caso, tenemos demasiado. Tres venenos pasaron por sus manos, pero no hay razón para creer que tuviera nada contra Celia Austin, y dudo que, de ser verdaderamente culpable, hubiera hablado con tanta franqueza de sus actividades.

—Sin embargo, eso ofrece otras posibilidades.

—Sí, todo ese veneno metido en un cajón. ¡Qué chico más estúpido!

Luego le contó el interrogatorio de Elizabeth Johnston y lo que Celia le había dicho.

—Si es cierto, resulta significativo.

—Muy significativo —convino Poirot,

El inspector citó:

—«Mañana sabré más».

—Y ese «mañana» nunca llegó para la pobrecilla. Y el registro, ¿ha puesto al descubierto algo?

—Hubo un par de detalles digamos... inesperados.

—¿Como por ejemplo?

—Que Elizabeth Johnston es miembro del Partido Comunista. Encontramos su carnet.

—Sí —respondió Poirot, pensativo—. Eso es interesante.

—Es algo que nadie supondría —comentó el inspector Sharpe—. Yo por lo menos ni lo sospeché hasta interrogarla. Esa chica tiene una personalidad notable.

—Debe de ser un buen elemento para el partido. Es una joven de inteligencia extraordinaria.

—Me resultó interesante —continuó el inspector Sharpe—, porque nunca había mostrado sus simpatías políticas. No veo que eso pueda tener relación con el caso de Celia Austin, pero es algo que debe tenerse en cuenta.

—¿Qué más ha descubierto?

El inspector Sharpe se encogió de hombros.

—Miss Patricia Lane tenía en su cajón un pañuelo con grandes manchas de tinta verde.

Poirot enarcó las cejas.

—¿Tinta verde? ¡Patricia Lane! Entonces pudo ser ella quien cogiera la tinta para verterla sobre los apuntes de Elizabeth Johnston y luego se secara las manos en ese pañuelo, aunque seguramente...

—Seguramente no habría querido que sospecharan de su querido Nigel —terminó Sharpe por él.

—Es lo que pensaría cualquiera. Claro que también pudieron poner el pañuelo en el cajón.

—Es posible.

—¿Algo más?

—Pues —Sharpe reflexionó unos segundos— parece ser que el padre de Leonard Bateson está hospitalizado en la Clínica Mental de Longvith Vale. No creo que la noticia tenga un interés particular, aunque...

—Aunque el padre de Len Bateson está loco. Probablemente la noticia no tendrá importancia, como usted dice, pero es otro factor que hay que tener en cuenta. Sería interesante saber cuál es su manía particular.

—Bateson es un chico simpático, pero tiene un carácter un poco indomable.

Poirot asintió, recordando de repente con toda claridad a Celia Austin diciendo: «Por supuesto que yo no iba a destrozar una mochila. Eso es una tontería. Fue un arranque de furia». ¿Cómo lo supo? ¿Es que acaso vio a Bateson destrozando la mochila? Volvió de nuevo a la realidad al oír que Sharpe le decía con una sonrisa:

—... y Mr. Achmed Ali tenía en su poder literatura y postales pornográficas que explican el porqué de su furia al oír que íbamos a efectuar un registro.

—Sin duda debió haber muchas protestas.

—Sí. Una joven francesa casi tuvo un ataque de histeria y uno de los indios, Mr. Chandra Lal, amenazó con convertirlo en un incidente internacional. Entre sus cosas, encontramos algunos folletos subversivos con las tonterías de costumbre. Y uno de los africanos tenía algunos recuerdos y fetiches bastante terribles. Sí, está claro que un registro descubre el lado peculiar de cada individuo. ¿Se ha enterado del contenido del armario privado de Mrs. Nicoletis?

—Sí, lo sé.

El inspector Sharpe sonrió.

—¡En mi vida había visto tantas botellas de coñac vacías! ¡Estaba furiosa con nosotros!

Lanzó una carcajada y luego se puso repentinamente serio.

—Pero no encontramos lo que buscábamos. Ni un pasaporte que no fuera auténtico.

—No iba a esperar que dejaran por ahí alguno falso para que usted lo encontrara, *mon ami*. ¿No ha tenido usted nunca ocasión de visitar oficialmente el 26 de Hickory Road en relación con un pasaporte, digamos durante los últimos seis meses?

—No. Voy a enumerarle las ocasiones en que tuvimos que ir allí durante el período de tiempo que usted indica.

Y se las detalló cuidadosamente.

Poirot lo escuchaba con el entrecejo fruncido.

—Todo eso no tiene sentido —manifestó meneando la cabeza—. Las cosas solo tendrán sentido si comenzamos por el principio.

—¿Y a qué llama usted principio, Poirot?

—A la mochila, amigo mío —replicó el detective con calma—. A la mochila. Todo este asunto empezó con una mochila.

Capítulo 14

1

Mrs. Nicoletis subió la escalera del sótano, donde había conseguido enfurecer a Geronimo y a la irascible Maria.

—¡Mentirosos y ladrones! —gritó Mrs. Nicoletis con voz triunfante—. ¡Todos los italianos son mentirosos y ladrones!

Mrs. Hubbard, que acababa de bajar del primer piso, exhaló un suspiro de irritación.

—Es una lástima disgustarles precisamente cuando están preparando la cena.

—¿Y a mí qué me importa? —replicó Mrs. Nicoletis—. Yo no cenaré aquí. —Mrs. Hubbard contuvo la respuesta que acudía a sus labios—. Regresaré el lunes, como de costumbre.

—Sí, Mrs. Nicoletis.

—Y haga el favor de encargarse de que arreglen el armario a primera hora de la mañana del lunes. La factura se la presenta a la policía, ¿me ha comprendido? A la policía.

Mrs. Hubbard la miró con aire incrédulo.

—Y quiero que ponga bombillas nuevas mucho más potentes en los pasillos. Están demasiado oscuros.

—Usted dijo que las quería de pocos vatios para ahorrar.

—Eso fue la semana pasada —afirmó Mrs. Nicoletis—.

Ahora es distinto. Cuando miro por encima del hombro me pregunto: «¿Quién me seguirá?».

¿Su jefa estaba haciendo un melodrama o tenía miedo de algo o de alguien?, se preguntó Mrs. Hubbard. Era tal su costumbre de exagerarlo todo que resultaba difícil saber hasta qué punto había que creer en sus palabras.

—¿Está segura de que desea volver sola a casa? —preguntó Mrs. Hubbard—. ¿Quiere que la acompañe?

—¡Estaré mucho más segura que aquí, se lo aseguro!

—Pero ¿de qué tiene miedo? Si yo lo supiera, tal vez...

—No es asunto suyo. No le diré nada. Resulta insoportable que continuamente me esté haciendo preguntas.

—Lo siento, estoy segura...

—Ahora se ha ofendido. —Mrs. Nicoletis le dirigió una radiante sonrisa—. Soy brusca y de mal carácter, sí. Pero tengo muchas preocupaciones, y recuerde que confío y me apoyo en usted. Lo cierto es que no sé lo que haría yo sin usted, querida Mrs. Hubbard. Mire, le envío un beso con la mano. Que pase un buen fin de semana. Buenas noches.

Mrs. Hubbard la contempló mientras abría la puerta principal y la cerraba. Alivió sus sentimientos con un «Habrase visto» y se volvió hacia la escalera de la cocina.

Mrs. Nicoletis bajó los escalones de la entrada, atravesó la verja y torció a la izquierda. Hickory Road era bastante ancha y las casas estaban separadas de la acera por los respectivos jardines. Al final de la calle, a pocos minutos del número 26, se hallaba una de las principales avenidas de Londres, por la que circulaban autobuses. Había un semáforo en la misma esquina y una taberna: El Collar de la Reina. Mrs. Nicoletis caminaba por el centro de la acera y, de vez en cuando, miraba con recelo por encima del hombro, pero no se veía a nadie. Hickory Road parecía menos frecuentada de lo habitual. Apresuró el paso al acercarse a El Collar de la Reina. Después de dirigir otra ansiosa mirada a su alrededor, entró presurosa en la taberna.

Pidió un coñac doble y se sintió más animada. Ya no parecía la mujer asustada e intranquila de antes, aunque su aversión hacia la policía no había disminuido. «¡Gestapo! Yo haré que lo paguen. ¡Sí, lo pagarán!», murmuró mientras terminaba de beber su coñac. Pidió otro mientras repasaba mentalmente los últimos acontecimientos. Era una desgracia, una terrible desgracia, que la policía hubiera tenido el poco tacto de descubrir su escondite, y sería demasiado esperar que la noticia no corriera entre los estudiantes. Quizá Mrs. Hubbard fuese discreta, o tal vez no, porque en realidad, ¿acaso podía una fiarse de nadie? Esas cosas siempre se sabían. Geronimo lo sabía y, probablemente, se lo habría dicho a su esposa y a la mujer de la limpieza. Y así poco a poco lo irían sabiendo todos hasta... Se sobresaltó al oír una voz, que decía a sus espaldas:

—Vaya, Mrs. Nick, no sabía que usted frecuentara este lugar.

—Oh, es usted. Creí...

—¿Quién creía que era? ¿El lobo feroz? ¿Qué está tomando? Tome otra copa conmigo.

—Son todas esas preocupaciones —explicó Mrs. Nicoletis con dignidad—. La policía registrando mi casa y molestando a todo el mundo. Mi pobre corazón. Debo tener mucho cuidado con mi corazón. No debería beber, pero en la calle me he sentido desfallecer y he pensado que un poco de coñac...

—No hay nada como el coñac. Aquí tiene.

Mrs. Nicoletis abandonó la taberna sintiéndose reanimada y muy feliz. Decidió no tomar el autobús. Hacía una noche espléndida y le haría bien caminar. Sí, el aire le sentaría bien. No era que le flaquearan las piernas, pero andaba con cierta dificultad. Tal vez hubiera sido más prudente tomar un coñac menos, pero el aire fresco no tardaría en despejarla. Al fin y al cabo, ¿por qué una señora no puede tomar una copita de vez en cuando en su salón? ¿Qué tiene eso de malo?

Nunca había llegado a emborracharse. ¿Emborracharse? Claro que nunca se había emborrachado. Y de todos modos, si no les gustaba y se lo reprochaban, los echaría a la calle. Ella también sabía un par de cosas. ¡Si hablara...! Mrs. Nicoletis alzó la cabeza con aire retador y esquivó como pudo un buzón de correos que se le venía encima con rapidez. No cabía duda de que le daba vueltas la cabeza. ¿Y si se apoyara un ratito contra la pared y cerrara los ojos unos instantes?

El agente Bott, que hacía la ronda, fue abordado por un hombre de aspecto tímido.

—Agente, ahí hay una mujer, parece que se ha puesto enferma. Está en el suelo, hecha un ovillo.

El agente Bott dirigió sus enérgicos pasos hacia el lugar indicado y se detuvo para inclinarse sobre una figura caída. Un fuerte olor a coñac confirmó sus sospechas.

—Ha perdido el conocimiento. Está bebida. Ah, no se preocupe, señor, nosotros cuidaremos de ella.

2

Hércules Poirot, que acababa de tomar su desayuno, se limpió los bigotes de cualquier rastro de chocolate y pasó al salón.

Sobre la mesa había cuatro mochilas, cada una con su factura, como resultado de las instrucciones dadas a George. Poirot abrió el paquete de la mochila comprada por él y la puso junto con las otras. El resultado fue interesante. La mochila que había adquirido en la tienda de Mr. Hicks no parecía inferior en ningún sentido a las compradas por George en diversos establecimientos, pero era, desde luego, muchísimo más barata.

—Interesante —murmuró el detective.

La examinó con detalle. Por dentro, por fuera, volviéndola del revés, palpando las costuras, los bolsillos, las correas. Después se dirigió al cuarto de baño y regresó con un pequeño cuchillo muy afilado. Volvió del revés la mochila comprada en la tienda de Mr. Hicks y comenzó a cortar el fondo. Entre el forro interno y el fondo había un grueso trozo de cartón corrugado. Poirot contempló la mochila despanzurrada con todo interés.

Luego repitió la operación con las demás mochilas.

Al fin, se sentó para contemplar el resultado de la destrucción que acababa de efectuar.

Luego cogió el teléfono y, después de una breve espera, consiguió hablar con el inspector Sharpe.

—*Écoutez, mon cher*. Quiero saber dos cosas.

El inspector lanzó una carcajada.

—«Dos cosas del caballo sé, y una es bastante soez» —recitó.

—¿Cómo dice? —le preguntó Poirot, sorprendido.

—Nada, nada. Un dicho que conocía. ¿Cuáles son esas dos cosas que desea saber?

—Usted me habló ayer de ciertas pesquisas que se llevaron a cabo en Hickory Road durante los últimos tres meses. ¿Podría decirme las fechas y a qué hora fueron hechas?

—Eso es muy sencillo. Debe de constar en los archivos. Espere a que lo mire.

No pasó mucho tiempo antes de que volviera con la respuesta.

—La primera fue por un estudiante indio que repartía propaganda subversiva, el dieciocho de diciembre a las tres treinta de la tarde.

—De eso hace demasiado tiempo.

—Luego por Montagu Jones, euroasiático, en relación con el asesinato de Mrs. Alicia Combe, en Cambridge, el veinticuatro de febrero, a las cinco y media de la tarde. Y por William Robinson, nativo de África occidental, reclamado por la policía de Sheffield, el dieciséis de marzo a las once de la mañana.

—¡Ah! Gracias.

—Pero si usted cree que cualquiera de estos casos puede tener relación con...

Poirot le interrumpió.

—No, no tienen relación alguna. Solo me interesa la hora del día en que se practicaron esas diligencias.

—¿Qué se lleva entre manos, Poirot?

—Disecciono mochilas, amigo mío. Es muy interesante.

Y colgó el teléfono.

Sacó de su bolsillo la lista corregida que Mrs. Hubbard le entregara el día anterior y que era la siguiente:

Mochila (Len Bateson)
Bombillas eléctricas
Pulsera (miss Rysdorff)
Anillo de brillantes (Patricia)
Polvera (Genevieve)
Zapato de noche (Sally)
Lápiz de labios (Elizabeth Johnston)
Pendientes (Valerie)
Estetoscopio (Len Bateson)
Sales de baño (?)
Bufanda hecha jirones (Valerie)
Pantalones (Colin)
Libro de cocina (?)
Ácido bórico (Chandra Lal)
Broche de bisutería (Sally)
Tinta vertida en los apuntes de Elizabeth
(Es lo más aproximado que recuerdo, aunque no del todo exacto. L. Hubbard)

Poirot la estuvo contemplando durante largo rato. Entonces suspiró, murmurando para sí: «Decididamente, tenemos que eliminar las cosas que no nos interesan».

Sabía quién podría ayudarle. Era domingo. Probablemente la mayoría de los estudiantes se encontraría en la residencia.

Marcó el número de teléfono del 26 de Hickory Road y preguntó por miss Valerie Hobhouse. Una voz un tanto gutural le contestó que ignoraba si ya se había levantado, pero que iría a preguntar.

Por fin, oyó una voz algo ronca.

—Valerie Hobhouse al habla.

—Soy Hércules Poirot. ¿Me recuerda?

—Ya lo creo, monsieur Poirot. ¿En qué puedo servirle?

—Me gustaría hablar con usted.

—Cuando quiera.

—¿Entonces puedo ir a verla ahora?

—Sí. Lo estaré esperando. Le diré a Geronimo que lo acompañe a mi habitación. Los domingos no hay demasiada intimidad por aquí.

—Gracias, miss Hobhouse. Le estoy muy agradecido.

Geronimo abrió la puerta a Poirot con una reverencia y luego empezó a hablarle con su habitual aire de conspirador.

—Lo acompañaré a la habitación de miss Valerie con mucha discreción.

El hombre se llevó un dedo a los labios para recomendarle silencio absoluto y lo condujo escaleras arriba hasta una habitación amplia que daba a Hickory Road, amueblada con gusto y cierto lujo, como un estudio. El sofá cama estaba cubierto por una bonita colcha persa, algo gastada, y había un escritorio de nogal estilo Reina Ana que Poirot consideró que no debía de pertenecer al mobiliario original del 26 de Hickory Road.

Valerie Hobhouse lo esperaba. Se la veía cansada y con grandes ojeras.

—*Mais vous êtes très bien ici* —comentó Poirot, mientras estrechaba su mano—. Es muy *chic*. Tiene personalidad. Es un encanto.

Valerie sonrió.

—Llevo aquí mucho tiempo. Dos años y medio. Casi tres. Prácticamente me he instalado aquí y tengo bastantes cosas mías.

—Usted no es estudiante, ¿verdad, mademoiselle?

—Oh, no. Tengo un empleo.

—¿En una firma de cosméticos?

—Sí. Soy una de las encargadas de compras de Sabrina Fair, un salón de belleza. Tengo una pequeña participación en el negocio. Tocamos otras líneas, además de los tratamientos de belleza: accesorios y esas cosas. Pequeñas novedades de París. Ese es mi departamento.

—¿Entonces irá usted a menudo a París y a otros países europeos?

—Sí, una vez al mes, a veces más.

—Debe usted perdonarme si le parezco demasiado curioso.

—¿Por qué? En las circunstancias en que nos encontramos, tenemos que soportar la curiosidad. Ayer contesté las preguntas que me hizo el inspector Sharpe. Me parece que usted preferiría una silla de respaldo recto a una butaca baja.

—Es usted muy perspicaz, mademoiselle. —Poirot se sentó en una silla con brazos, de respaldo alto.

Valerie tomó asiento en el diván. Le ofreció un cigarrillo y encendió otro para ella, mientras Poirot la observaba con cierta atención. Poseía una elegancia nerviosa y salvaje que le atrajo más que su misma belleza. «He aquí una mujer inteligente y atractiva», pensó, preguntándose si su nerviosismo era producto del reciente interrogatorio o un componente natural de su personalidad. Recordó haber pensado lo mismo la noche que fue allí a cenar.

—¿El inspector Sharpe la ha interrogado?

—Sí, claro.

—¿Y le dijo usted todo lo que sabía?

—Por supuesto.

—Me pregunto si eso es cierto.

Ella lo miró con expresión irónica.

—Puesto que no oyó las respuestas que di al inspector Sharpe, no puede juzgarlo.

—Ah, no. Es solo una de mis ideas. Las tengo aquí. —Se tocó la frente.

Poirot estaba fingiendo ser un charlatán con toda intención. Sin embargo, Valerie no sonrió, sino que lo miró abiertamente como tenía por costumbre.

—¿Quiere ir al grano, monsieur Poirot? —le apremió con cierta brusquedad—. Sinceramente, no sé adónde quiere ir a parar.

—Desde luego, miss Hobhouse.

El detective sacó del bolsillo un paquetito.

—¿Adivina usted lo que tengo aquí?

—No soy clarividente, monsieur Poirot. No puedo ver a través de los papeles de envolver.

—Aquí tengo el anillo que le robaron a miss Patricia Lane.

—¿El anillo de compromiso de Patricia? Quiero decir el de su madre. ¿Cómo es que lo tiene usted?

—Le pedí que me lo prestara un par de días.

La sorpresa hizo que Valerie enarcara las cejas.

—Vaya.

—Me sentí interesado por este anillo, por el robo, su recuperación y algo más. Y por ello le pedí a miss Lane que me lo dejara y lo llevé directamente a un joyero amigo mío.

—¿Sí?

—Sí, le pedí un informe sobre el brillante. Una piedra bastante grande, no sé si la recordará, rodeada de unos grupos de brillantes más pequeños. ¿Se acuerda, mademoiselle?

—Creo que sí. Aunque en realidad no lo recuerdo con precisión.

—Pero usted lo tuvo en sus manos, ¿no? Apareció en su plato de sopa.

—¡Así fue como lo devolvieron! Sí, lo recuerdo muy bien. Casi me lo tragué. —Valerie lanzó una alegre carcajada.

—Como le decía, llevé el anillo a mi amigo joyero y le pedí su opinión acerca del brillante. ¿Sabe usted cuál fue su respuesta?

—¿Cómo voy a saberlo?

—Afirmó que la piedra no era un diamante, sino una simple circonita. Circonita blanca.

—¡Oh! —Lo miró sorprendida para luego continuar en tono algo inseguro—: ¿Quiere decir que Patricia pensaba que era un brillante auténtico y solo era circonio?

Poirot meneó la cabeza.

—No, no quiero decir eso. Según tengo entendido, este era el anillo de la madre de Patricia Lane. Miss Lane es una joven de buena familia y me atrevo a asegurar que los suyos, antes de las recientes subidas de impuestos, vivían desahogadamente. En esos círculos, mademoiselle, se gasta dinero en adquirir un anillo de compromiso: un anillo con un brillante o cualquier otra piedra preciosa. Estoy convencido de que el padre de miss Lane le regaló a su madre un anillo de gran valor.

—En cuanto a eso no puedo estar más de acuerdo con usted. Creo que el padre de Patricia era un potentado.

—Por lo tanto, todo parece indicar que la piedra del anillo fue reemplazada más tarde por otra persona.

—Supongo —dijo Valerie despacio— que Pat debió de perder el brillante, no pudo reemplazarlo por otro e hizo poner una circonita en su lugar.

—Es posible, pero yo no creo que fuera eso lo que ocurrió.

—Bueno, monsieur Poirot, ya que estamos adivinando, ¿qué cree usted que ocurrió?

—Creo que el anillo fue robado por mademoiselle Celia y que el diamante fue deliberadamente sustituido por la circonita antes de ser devuelto.

Valerie se sentó muy erguida.

—¿Usted cree que Celia robó el brillante deliberadamente?

—No. Creo que fue usted quien lo robó, mademoiselle.

Valerie Hobhouse contuvo la respiración bruscamente.

—¡Vaya! —exclamó—. Eso me parece una acusación muy grave. Usted no tiene la menor prueba de lo que dice.

—Al contrario —la interrumpió el detective—. La tengo. El anillo apareció en un plato de sopa. Yo cené aquí una noche y observé cómo se sirve la sopa: la sirven de una sopera en una mesita auxiliar. Por lo tanto, si alguien encontró un anillo en la sopa, solo pudo ponerlo en el plato la persona que la sirve (en este caso Geronimo) o la persona a quien correspondía el plato. ¡Usted! No creo que fuese Geronimo. Imagino que usted preparó la devolución del anillo en la sopa porque le resultaba divertido. Usted posee, si me permite el comentario, un sentido dramático demasiado humorístico. ¡Mostrar el anillo! ¡Lanzar exclamaciones! Me parece que se excedió, mademoiselle, y no comprendió que con ello iba a delatarse.

—¿Eso es todo? —preguntó Valerie con desprecio.

—Oh, no, de ninguna manera. Cuando Celia confesó aquella noche haber sido responsable de los robos, observé varios detalles. Por ejemplo, al hablar del anillo, dijo: «No sabía que fuese tan valioso. En cuanto lo supe, me apresuré a devolverlo». ¿Cómo lo supo, miss Valerie? ¿Quién le dijo que era un anillo de valor? Y luego, al referirse a la bufanda hecha trizas, miss Celia dijo algo así: «Eso no importa. A Valerie le da lo mismo». ¿Por qué le daba lo mismo cuando una estupenda bufanda de seda que le pertenecía había sido destrozada? Entonces pensé que toda aquella campaña de robar cosas y fingirse cleptómana para atraer de este modo la atención de Colin McNabb se la había sugerido a Celia otra persona. Alguien mucho más inteligente que Celia Austin y con buenos conocimientos de psicología. Usted le dijo que el anillo era valioso y se lo quedó para disponer su devolución. Y del mismo modo le sugirió usted que hiciera pedazos su hermosa bufanda.

—Todo eso son teorías —replicó Valerie—, y además muy descabelladas. El inspector ya me preguntó si yo había sugerido a Celia todos esos trucos.

—¿Y qué le contestó usted?

—Le dije que era una tontería.

—¿Y qué me dice a mí?

Valerie lo miró fijamente unos instantes y luego soltó una carcajada, apagó la colilla y se reclinó en el sofá.

—Tiene usted razón. Yo le dije que lo hiciera

—¿Puedo preguntarle por qué?

Valerie replicó, impaciente:

—Oh, un estúpido acto de benevolencia, una obra de caridad. Allí estaba Celia vagando como un espectro y suspirando por Colin, que ni tan siquiera la miraba. Resultaba ridículo. Colin es uno de esos chicos presuntuosos que no piensan más que en la psicología, los complejos y bloqueos emocionales, y me pareció que sería divertido tomarle el pelo y hacerle quedar como un idiota. De todas formas, me daba pena ver a Celia tan triste, así que la cogí por mi cuenta y, después de sermonearla, le expliqué todo el plan y le insistí para que lo pusiera en práctica. Creo que estaba un poco nerviosa, aunque también emocionada. Entonces, una de las primeras cosas que hizo la muy tonta fue encontrar el anillo de Pat en el cuarto de baño y cogerlo. La situación podía complicarse si se armaba mucho escándalo y a alguien se le ocurría llamar a la policía. Así que me hice con la sortija para devolverla y le aconsejé que en el futuro se limitara a sustraer bisutería y cosméticos, y me estropeara alguna cosa mía porque así no tendría problemas.

Poirot inspiró con fuerza.

—Eso es exactamente lo que pensaba.

—Ahora desearía no haberlo hecho —dijo Valerie de modo sombrío—. Aunque mi intención fue buena. Es una atrocidad propia de Jean Tomlinson, pero ahí tiene.

—Y ahora —continuó Poirot—, pasemos al anillo de Patricia. Celia se lo dio a usted, y usted tenía que fingir que lo había encontrado en cualquier parte y devolvérselo a Patricia. Pero antes de devolvérselo —hizo una pausa—, ¿qué ocurrió?

El detective observó cómo sus dedos jugueteaban nerviosos con el extremo de un pañuelo que llevaba anudado al cuello, y continuó en tono todavía más persuasivo:

—Andaba usted apurada de dinero, ¿no es eso?

Sin mirarle, ella hizo un gesto de asentimiento.

—Dije que sería sincera —confesó con amargura—. Mi problema, monsieur Poirot, es que soy jugadora. Es una de esas cosas que nacen con uno y no puede hacerse demasiado por evitarla. Pertenezco a un pequeño club de Mayfair, ¡no, no le diré dónde! No quiero ser la responsable de que lo descubra la policía, ni nada por el estilo. Dejémoslo en que pertenezco a ese club. Hay ruleta, bacarrá y todo lo demás. He tenido una mala racha. Tenía el anillo de Pat en mi poder. Dio la casualidad de que pasé por delante de una tienda en la que había un anillo con una circonita y me dije: «Si sustituyera este brillante por una circonita blanca, Pat no notaría la diferencia». Nunca se mira con atención un anillo que se conoce bien. Si el brillante parece algo más apagado, lo natural es pensar que está sucio y que lo único que necesita es una buena limpieza o algo por el estilo. Lo cierto es que tuve un impulso y caí en la tentación. Quité el brillante y lo vendí, lo reemplacé por la circonita y aquella misma noche fingí encontrarlo en mi sopa. Convengo en que fue una estupidez. Ahora ya lo sabe todo. Pero sinceramente nunca tuve intención de que Celia cargara con la culpa.

—No, no, lo comprendo —asintió Poirot—. Fue únicamente una oportunidad que se presentó en su camino, le pareció sencillo y lo hizo. Pero cometió un grave error, mademoiselle.

—Ya lo sé —replicó Valerie con sequedad, y luego agregó con pesar—: ¡Pero qué diablos! ¡Qué importa ahora! Entrégueme si quiere. Dígaselo a Pat, al inspector, a todo el mundo. Pero ¿de qué servirá? ¿Acaso nos ayudará a descubrir quién asesinó a Celia?

Poirot se puso de pie.

—Nunca se sabe lo que puede ayudar y lo que no. ¡Hay que desbrozar el camino de tantas cosas que no importan y que confunden el tema! Para mí era importante saber quién había inspirado a la pobre Celia la comedia que representó, y ya lo sé. Y en cuanto al anillo, le sugiero que vaya a ver a miss Patricia Lane para decirle lo que hizo y expresarle los sentimientos adecuados al caso.

Valerie hizo una mueca.

—Creo que es un buen consejo. De acuerdo, iré a ver a Pat y le pediré perdón. Pat es una buena chica. Le diré que, cuando pueda, le devolveré el brillante. ¿Es eso lo que quiere, monsieur Poirot?

—No se trata de lo que yo quiera, sino de que eso es lo aconsejable.

La puerta se abrió de pronto y dio paso a Mrs. Hubbard. Respiraba trabajosamente, y la expresión de su rostro hizo exclamar a Valerie:

—¿Qué le ocurre, Ma? ¿Qué ha sucedido?

La recién llegada se dejó caer en una silla.

—Es Mrs. Nicoletis.

—¿Mrs. Nick? ¿Qué le pasa?

—¡Oh, Dios mío! ¡Ha muerto!

—¿Que ha muerto? —La voz de Valerie sonó ronca—. ¿Cómo? ¿Cuándo?

—Parece ser que anoche la recogieron en la calle y la llevaron a la comisaría. Creyeron que estaba... que estaba...

—¿Bebida?

—Sí, había estado bebiendo. Pero, sea como sea, ha muerto.

—¡Pobre Mrs. Nick! —dijo Valerie con un ligero temblor en la voz.

—¿La apreciaba usted, mademoiselle? —preguntó Poirot.

—Resulta extraño en cierto modo. A veces era el mismísimo diablo, pero sí... yo... la primera vez que vine aquí, hace tres años, no era tan... tan temperamental como últimamente. Resultaba una compañía agradable, divertida, de buen corazón. Había cambiado mucho durante este último año.

Valerie miró a Mrs. Hubbard.

—Supongo que era debido al alcohol. Encontraron un montón de botellas en su habitación, ¿no es cierto?

—Sí —Mrs. Hubbard vaciló, pero al fin exclamó—: La culpa es mía por dejarla salir sola ayer noche. Tenía miedo, ¿saben?

—¿Miedo? —exclamaron a la vez Poirot y Valerie.

Mrs. Hubbard asintió tristemente, mientras en su amable rostro redondeado aparecía una expresión angustiada.

—Sí. No cesaba de decir que no se sentía segura. Le pedí que me dijese qué era lo que temía y me rechazó. Con ella nunca se sabía hasta qué punto exageraba. Pero ahora quisiera saber...

—¿No pensará usted que ella... que ella también fuese...? —intervino Valerie.

Se interrumpió con expresión aterrorizada.

—¿Cuál dicen que ha sido la causa de su muerte? —preguntó Poirot.

—No, no han dicho nada. Habrá una investigación judicial el martes —respondió Mrs. Hubbard con tristeza.

Capítulo 15

Cuatro hombres se hallaban sentados alrededor de una mesa en una tranquila habitación del Nuevo Scotland Yard.

Presidía el encuentro el superintendente Wilding, de la Brigada de Narcóticos. Junto a él estaba el sargento Bell, un joven de gran optimismo y energía, que parecía un inquieto lebrel. Reclinado en su silla, tranquilo y alerta, se hallaba el inspector Sharpe. El cuarto hombre era Hércules Poirot y, encima de la mesa, había una mochila.

El superintendente Wilding se rascó la barbilla, pensativo.

—Es una idea interesante, monsieur Poirot —dijo con cierta reserva—. Sí, una idea interesante.

—Es, como les digo, simplemente una teoría —replicó Poirot.

Wilding asintió.

—Hemos esbozado la posición general. El contrabando se realiza continuamente, desde luego, de una forma u otra. Arrestamos a una red de distribuidores y, al cabo de un intervalo de tiempo, la cosa vuelve a empezar en cualquier otra parte. Por lo que sabemos, durante este último año y medio han estado entrando en el país grandes cantidades de drogas. Heroína principalmente y bastante cocaína. Hay varios depósitos repartidos por Europa. La policía francesa ha descubierto un par de pistas sobre cómo las introducen en Francia. Pero no están tan seguros de cómo vuelven a salir.

—¿Acierto al decir que su problema puede dividirse en tres? —preguntó Poirot—. La distribución, el cómo entran en el país, y el problema de quién dirige realmente el negocio y recibe los mayores beneficios.

—A grandes rasgos, tiene usted razón. Conocemos a algunos de los pequeños distribuidores y cómo realizan la distribución. A algunos los detenemos y a otros los dejamos en libertad con la esperanza de que nos conduzcan hasta el pez gordo. Se reparte de mil maneras distintas: clubes nocturnos, tabernas, farmacias, por medio de algún que otro médico, modistos y peluqueros. La ofrecen en las carreras, en las tiendas de antigüedades, algunas veces en los grandes almacenes. Pero no necesito contarle todo esto. No es eso lo que importa. Podemos luchar contra ellos bastante bien, y tenemos sospechas bastante ciertas de quiénes son los jefes. Un par de caballeros ricos y respetables de quienes nadie sospecharía. Actúan con enorme cautela, nunca manejan las drogas personalmente y los vendedores ni siquiera los conocen. Pero de vez en cuando alguno comete un desliz y entonces lo cogemos.

—Es lo que me suponía. La parte que me interesa es la segunda. Explíquemelo: ¿cómo entra el contrabando en el país?

—¡Ah! Vivimos en una isla, y el medio más corriente es el sistema antiguo, pero seguro, del mar. Traen la carga en una lancha a través del canal y desembarcan tranquilamente en algún lugar de la costa este o en alguna cala del sur. Eso tiene éxito durante cierto tiempo, pero tarde o temprano damos con la pista del patrón de la lancha y, en cuanto despierta sospechas, su oportunidad ha desaparecido. También la traen en un vuelo regular. Ofrecen mucho dinero y, de vez en cuando, alguna de las azafatas u otro miembro de la tripulación se dejan tentar.

Y luego están los importadores comerciales. Firmas respetables que importan pianos o lo que sea. Les dura algún tiempo, pero, por lo general, acabamos descubriéndolos.

—¿Entonces está de acuerdo conmigo en que la principal dificultad para realizar un comercio ilícito es la entrada del género al país?

—Decididamente. Y aún diré más: de un tiempo a esta parte andamos desorientados. Se pasa más contrabando del que podemos detener.

—¿Y qué me dice de otras cosas como, por ejemplo, piedras preciosas?

El sargento Bell tomó la palabra.

—Hay también mucho de eso, señor. Diamantes y otras piedras preciosas ilegales llegan de África del Sur, Australia y algunas del Lejano Oriente. Van entrando en el país con regularidad, sin que sepamos cómo. El otro día, en Francia, a una joven, una turista vulgar, una persona que había conocido casualmente, le preguntó si quería llevar un par de zapatos al otro lado del Canal. No eran nuevos, sencillamente unos zapatos que alguien se había olvidado. Ella aceptó sin recelar nada y nosotros nos enteramos por casualidad. Los tacones de los zapatos eran huecos y estaban llenos de diamantes en bruto.

—Pero, dígame, monsieur Poirot —preguntó el superintendente—, ¿cómo es que está usted sobre una pista de drogas o de piedras preciosas?

—De las dos cosas. En realidad, de cualquier cosa que tenga mucho valor y un tamaño reducido. Creo que hay un hueco para un servicio de carga, que transportan cargas como las que he descrito de uno a otro lado del Canal. Joyas robadas, piedras arrancadas de sus monturas, pueden ser sacadas de Inglaterra, y entran piedras ilegales y drogas. Podría tratarse de alguna pequeña empresa independiente, apartada por completo de la distribución, que transporta la mercancía a comisión. Los beneficios serían muy elevados.

—¡Creo que tiene razón! Se pueden ocultar en un espacio muy pequeño diez o veinte mil libras esterlinas de heroína, y lo mismo ocurre con las piedras sin tallar, si son de alta calidad.

—Veamos —continuó Poirot—, la debilidad del contrabandista es siempre el elemento humano. Tarde o temprano se sospecha de una persona: una azafata, un entusiasta de la navegación que posee alguna embarcación, la mujer que va y viene de Francia con demasiada frecuencia, el importador que gana más dinero del que parece razonable, el hombre que vive bien sin tener medios visibles que lo justifiquen. Pero si el contrabando entra en el país traído por una persona inocente, y lo que es más, por una persona distinta cada vez, entonces las dificultades para descubrirlo aumentan considerablemente.

Wilding señaló la mochila.

—¿Y esta es su suposición?

—Sí. ¿Quién es la persona que despierta menos sospechas hoy en día? El estudiante. El estudiante laborioso y formal que, falto de dinero, viaja sin más equipaje que el que puede cargar a su espalda y atraviesa toda Europa haciendo autoestop. Si el contrabando lo llevara siempre el mismo estudiante, sin duda le descubrirían, pero lo esencial es que quien lo transporta es inocente y que hay muchísimos estudiantes.

Wilding se frotó la barbilla.

—¿Cómo cree usted que lo hacen?

Hércules Poirot se encogió de hombros.

—En cuanto a eso solo puedo ofrecerles mi teoría. Sin duda me equivocaré en muchos detalles, pero me atrevo a asegurar que en conjunto se hace así: primero, se lanza al mercado una línea de mochilas. Son del tipo corriente, como cualquier otra marca, fuertes, resistentes, bien fabricadas y adecuadas al uso para el que se destinan. Bueno, al decir «que son iguales a todas» no es realmente así. El forro de la base es algo distinto. Como pueden ver, es muy sencillo quitarlo, y el refuerzo interior tiene un grosor y un acanalado que permite esconder una tira de piedras preciosas, o de drogas, entre los canales. Nadie lo sospecharía a menos que lo anduviese buscando. La heroína o la cocaína ocupan muy poco espacio.

—Muy cierto —afirmó Wilding—. Vaya —dijo mientras se dedicaba a medir el fondo—, aquí podrían traerse drogas por valor de cinco o seis mil libras sin que nadie sospechara lo más mínimo.

—Exacto. *Alors!* Se fabrican las mochilas, se lanzan al mercado y se venden en más de un comercio. El propietario puede estar en el ajo o no. Tal vez se limite a vender una línea más barata que le resulte más rentable, porque su precio competiría ventajosamente con los ofrecidos por las otras tiendas de artículos para excursionistas. Naturalmente, detrás existe una organización bien definida, una lista de los estudiantes de Medicina de la Universidad de Londres y de otras instituciones. Alguien que es también estudiante, o se hace pasar por estudiante, es probablemente el cabecilla de la banda. Los estudiantes van al extranjero. En algún momento del viaje de regreso, se hace el cambio de mochila. Los estudiantes regresan a Inglaterra y la inspección de Aduanas es superficial. Cuando llegan a su residencia, vacían la mochila y la guardan en el armario o en un rincón del dormitorio. Entonces vuelve a efectuarse otro cambio de mochilas, o tal vez se saque el doble fondo con todo su contenido y se vuelve a colocar otro vacío.

—¿Y usted cree que eso es lo que ha ocurrido en Hickory Road?

Poirot asintió.

—Sí. Eso es lo que sospecho.

—Pero ¿qué ha sido lo que le ha puesto sobre la pista, monsieur Poirot, suponiendo que esté en lo cierto?

—Una mochila fue hecha pedazos —replicó el detective—. ¿Por qué? Dado que no hay una razón evidente, cabe imaginar alguna otra. Hay algo raro en las mochilas de Hickory Road. Son demasiado baratas. Ha habido una serie de extraños sucesos en esa pensión, pero la joven responsable de ellos juró que ella no destrozó esa mochila. Si había confesado lo demás, ¿por qué iba a negarlo, si no era porque decía la verdad? De modo que había que encontrar otra explicación para aquel desafuero, y hacer pedazos una mochila les aseguro que no es fácil. Es un trabajo duro y quien lo hiciera debía de estar muy desesperado. Conseguí la pista al descubrir que, aproximadamente (solo aproximadamente, porque la memoria de la gente flaquea al cabo de un período de algunos meses), la mochila fue destrozada cerca de la fecha en que un policía fue a ver a la persona encargada de la residencia. El motivo por el cual el policía fue a la casa era muy distinto, pero voy a exponerle mi punto de vista. Supongamos que usted es contrabandista. Llega a su casa aquella noche y le dicen que acaba de llegar un policía y que está arriba con Mrs. Hubbard. En el acto supone que han descubierto el contrabando y están realizando una investigación. Supongamos que en aquellos momentos haya en la casa una mochila recién llegada del extranjero que contiene contrabando o que lo ha contenido recientemente. Ahora bien, si la policía tenía sospechas de lo que estaba ocurriendo, habrían ido a Hickory Road con el propósito determinado de examinar las mochilas de los estudiantes. Usted no se atreve a salir de la casa con la mochila en cuestión porque sabe muy bien que alguien puede estar de vigilancia en el exterior, y una mochila no es fácil de ocultar o disimular. Lo único que se le ocurre es destrozarla y ocultar los pedazos en el cuarto de calderas. Si contenía alguna droga o piedras preciosas, pudo esconderlas temporalmente entre las sales de baño. Pero incluso en una mochila vacía, de haber contenido alguna droga, se pueden descubrir restos de heroína o de cocaína si es analizada. Por lo tanto, había que destruirla ¿Está de acuerdo conmigo en que es posible?

—Es una idea interesante, como ya le dije antes —replicó Wilding.

—Y también parece verosímil que un incidente que no se consideró importante pueda tener relación con la mochila. Según Geronimo, el criado italiano, el mismo día, o uno de los días en que los visitó la policía, desapareció la bombilla del vestíbulo. Fue a buscar otra para reemplazarla y descubrió que tampoco estaban las de reserva, y dos días antes las había visto en el cajón. A mí me parece posible también, aunque es un tanto cogido por los pelos y no me atrevo a decir que esté seguro de ello, sino que es una mera posibilidad, que alguien que tuviera la conciencia culpable por haber pertenecido anteriormente a una banda de contrabandistas temiera que su rostro fuera reconocido por la policía si le veían a plena luz. Así que se llevó la bombilla del vestíbulo y las de reserva. Y como resultado, el vestíbulo quedó iluminado solo por las velas. Esto es, como le digo a usted, una simple suposición.

—Es una idea ingeniosa.

—Y verosímil, señor —intervino el sargento Bell—. Cuanto más lo pienso, más verosímil me resulta.

—Pero, de ser así —continuó Wilding—, es algo que va más allá de Hickory Road.

Poirot asintió:

—¡Oh, sí! La organización debe de abarcar un montón de clubes de estudiantes y residencias.

—Hay que encontrar el vínculo entre ellos —dijo Wilding.

El inspector Sharpe intervino por primera vez.

—Existe ese vínculo, señor, o lo había. Una mujer propietaria de diversos clubes y residencias para estudiantes. Una mujer que es la propietaria de Hickory Road: Mrs. Nicoletis.

Wilding dirigió una rápida mirada a Poirot.

—Sí —replicó el detective—. Mrs. Nicoletis tenía intereses en todos estos sitios, aunque no los dirigiera ella misma. Su sistema era poner a personas de antecedentes intachables al frente de los negocios. Mi amiga Mrs. Hubbard es una de ellas. El dinero lo aportaba Mrs. Nicoletis, pero vuelvo a sospechar que era solo un testaferro.

—¡Hum! —dijo Wilding—. Creo que sería interesante saber algo más de Mrs. Nicoletis. Es preciso conocer su vida. ¿No les parece?

Sharpe asintió.

—Estamos investigando su pasado y su procedencia. Hay que hacerlo con sumo cuidado. No queremos alarmar demasiado pronto a nuestros pájaros. También estamos inspeccionando su situación financiera. Palabra que esa mujer era una arpía de primera clase.

Describió sus experiencias con Mrs. Nicoletis cuando tuvo que efectuar el registro.

—Así que botellas de coñac, ¿eh? ¿De modo que bebía? Bien, así será más sencillo. ¿Qué le ha ocurrido? ¿La detuvieron?

—No, señor. Ha muerto.

—¿Que ha muerto? —Wilding enarcó las cejas—. ¿Quiere usted decir que la han matado?

—Sí, eso creemos. Después de la autopsia lo sabremos con certeza. Creo que comenzó a derrumbarse. Tal vez no contaba con un crimen.

—¿Se refiere usted al caso de Celia Austin? ¿Es que la muchacha sabía algo?

—Sabía algo —intervino Poirot—, pero si me permite la intromisión, no creo que ella supiera de qué se trataba.

—¿Quiere usted decir que sabía algo, pero no se dio cuenta de su significado?

—Sí, eso mismo. No era una chica inteligente y no es probable que sacara ninguna conclusión, pero si oyó o vio algo, está la posibilidad de que lo mencionara sin el menor recelo.

—¿No tiene usted idea de lo que vio u oyó, monsieur Poirot?

—He hecho algunas conjeturas, nada más. Se mencionó un pasaporte. ¿Alguien de la casa tenía un pasaporte falso que le permitía ir y venir del continente bajo otro nombre? ¿Su descubrimiento representaba un grave peligro para la persona interesada? ¿Vio cómo destrozaban la mochila o quizá cómo quitaban el doble fondo, sin comprender qué era lo que estaban haciendo? ¿Vería a la persona que quitó las bombillas? ¿Lo mencionaría sin comprender que era importante? *Ah, mon Dieu!* —exclamó Poirot, irritado—. ¡Suposiciones! ¡Suposiciones y más suposiciones! Hay que saber más. ¡Siempre hay que saber más!

—Bien —dijo Sharpe—, podemos empezar por los antecedentes de Mrs. Nicoletis, y tal vez salga algo a la luz.

—¿La han matado porque temían que hablase? ¿Hubiera hablado?

—Hacía tiempo que bebía en secreto, y eso significa que tenía los nervios deshechos —explicó Sharpe—. En cualquier momento podía contarlo todo.

—¿Supongo que ella no dirigiría la banda?

Poirot meneó la cabeza.

—Yo creo que no. Actuaba a cara descubierta. Sabía lo que pasaba, pero no era el cerebro detrás de todo esto. No.

—¿Tiene alguna idea de quién puede ser?

—Si tratase de adivinarlo podría equivocarme. Sí, ¡podría equivocarme!

Capítulo 16

1

«*Hickory, dickory, dock*[1] —recitó Nigel—, *el ratón se subió al reloj. El policía dijo chitón, y yo no sé quién irá a la reunión.*» —Y añadió—: ¿Decirlo o no decirlo? Esa es la cuestión. —Se sirvió otra taza de café.

—¿Decir qué? —preguntó Len Bateson.

—Todo lo que uno sabe —replicó Nigel con un airoso ademán.

—¡Naturalmente! —afirmó Jean Tomlinson en tono desaprobador—. Si sabemos algo que pueda ser útil, debemos decírselo a la policía. Eso sería lo correcto.

—Ya ha hablado la buena de Jean —comentó Nigel con brusquedad.

—*Moi, je n'aime pas les flics*[2] —intervino René, contribuyendo a la discusión.

—¿Decir qué? —volvió a preguntar Len Bateson.

—Las cosas que sabemos unos de otros —explicó Nigel, mirando con malicia a sus compañeros reunidos alrededor de la mesa—. Después de todo —añadió de modo alegre—, cada uno de nosotros debe saber muchas cosas de los de-

1. Vieja canción inglesa cuyo principio corresponde con el título de esta novela, intraducible. *(N. del T.)*

2. «A mí no me gusta la poli.» *(N. del T.)*

más, ¿no es cierto? Quiero decir que es lógico, viviendo bajo el mismo techo.

—¿Quién sabe lo que es importante o no lo es? Hay muchísimas cosas que a la policía no le interesan en absoluto —dijo Achmed Ali con calor, recordando ofendido los comentarios del inspector al descubrir su colección de postales.

—He oído decir —continuó Nigel, volviéndose hacia Mr. Akibombo— que han encontrado cosas muy interesantes en su habitación.

Debido a su color, Mr. Akibombo no podía enrojecer, pero parpadeó inquieto.

—En mi país hay muchas supersticiones —explicó—. Y mi abuelo me dio algunas cosas para que las trajera aquí, las mantengo por piedad y respeto. Soy una persona científica y moderna, no creo en el vudú, pero debido a mi poco dominio del idioma me resultó difícil explicárselo al policía.

—Incluso nuestra pequeña Jean tiene sus secretos, supongo —dijo Nigel, volviéndose hacia miss Tomlinson.

Jean declaró indignada que no iba a consentir que la insultaran.

—Dejaré esta casa y me iré a la YWCA.[3]

—Vamos, Jean —replicó Nigel—. Danos otra oportunidad.

—¡Oh, basta ya, Nigel! —exclamó Valerie, cansada—. La policía no tiene más remedio que indagar, dadas las circunstancias.

Colin McNabb se aclaró la garganta, disponiéndose a intervenir.

—En mi opinión —dijo con aire sentencioso—, debían aclararnos la situación. ¿Cuál fue exactamente la causa de la muerte de Mrs. Nick?

3. Iniciales de la Young Women's Christian Association, Asociación de Jóvenes Cristianas. *(N. del T.)*

—Lo sabremos durante la investigación —replicó Valerie, impaciente.

—Lo dudo —dijo Colin—. Yo creo que la aplazarán.

—Supongo que fue el corazón —intervino Patricia—. Se cayó en la calle.

—Borracha e inconsciente. En ese estado fue llevada a la comisaría —manifestó Len Bateson.

—Así que bebía —reflexionó Jean—. Siempre lo sospeché. Cuando la policía registró la casa, encontraron en su habitación un armario lleno de botellas de coñac vacías.

—Confiemos en nuestra Jean para conocer todos los trapos sucios —señaló Nigel con tono aprobador.

—Bueno, eso explica por qué algunas veces estaba tan rara —comentó Patricia.

Colin volvió a aclararse la garganta.

—¡Ah! Ejem. El sábado por la noche, cuando regresaba a casa, la vi entrar en la taberna.

—Allí es donde debió de emborracharse —exclamó Nigel.

—Entonces supongo que la causa de su muerte fue el alcoholismo —opinó Jean.

—¿Hemorragia cerebral? Lo dudo —dijo Len.

—Por todos los cielos, no pensarás que también ella fue asesinada, ¿verdad?

—Apuesto a que sí —intervino Sally Finch—. No me sorprendería nada.

—Por favor —interrumpió Mr. Akibombo—. ¿Es que piensan que alguien la mató? ¿Es eso?

—Aún no tenemos motivos para suponer nada de eso —dijo Colin.

—¿Quién iba a querer matarla? —preguntó Genevieve—. ¿Tenía mucho dinero que dejar? Si era rica, tal vez fuera por eso.

—Era una mujer endemoniada, querida —afirmó Nigel—. Estoy seguro de que todo el mundo deseaba matarla. Yo lo pensé más de una vez —agregó, sirviéndose tranquilamente más mermelada.

2

—Por favor, miss Sally, ¿me permite una pregunta? Es por algo que ha dicho durante el desayuno, y he pensado mucho en ello.

—Bueno, yo no pensaría demasiado, Mr. Akibombo —contestó Sally—. No es saludable.

Sally y Mr. Akibombo estaban charlando en la terraza de un restaurante de Regent's Park. Oficialmente era verano y el restaurante había abierto.

—Toda la mañana he estado muy preocupado —añadió Mr. Akibombo con pesar—. No fui capaz de responder a las preguntas del profesor. Está enfadado conmigo. Dice que yo copio largos párrafos de los libros y no pienso por mí mismo. Pero yo estoy aquí para aprender de los libros y me parece que ellos se expresan mejor que yo, porque todavía no domino el inglés. Además, esta mañana me resultaba muy difícil pensar en otra cosa que no fuera lo que está sucediendo en Hickory Road y las dificultades que hay allí.

—Creo que en eso tiene razón —dijo Sally—. Tampoco yo he conseguido concentrarme esta mañana.

—Por eso le ruego que me explique ciertas cosas, porque, como he dicho, he estado pensando mucho.

—Bien, oigamos entonces lo que ha estado pensando.

—Ha sido sobre ese ácido borrico.

—¿Ácido borrico? ¡Oh, ácido bórico! ¡Sí! ¿Qué hay de eso?

—No lo he entendido muy bien. ¿Dicen que es un ácido? ¿Un ácido como el sulfúrico?

—Como el sulfúrico, no —replicó Sally.

—¿No se utiliza solo en los experimentos de laboratorios?

—No creo que nadie lo utilice en sus experimentos. Es algo muy suave y completamente inofensivo.

—¿Quiere decir que incluso puede ponerse en los ojos?

—Precisamente esa es una de sus aplicaciones.

—Ah, entonces eso lo explica. Mr. Chandra Lal tiene una botellita con un polvo blanco que echa en agua caliente y luego se baña los ojos con ella. La guarda en el cuarto de baño y el día que desapareció se puso furioso. ¿Sería eso ácido bórico?

—¿A qué viene esto ahora?

—Se lo explicaré más tarde, pero ahora no, por favor. Tengo que pensar más.

—Bueno, no se arriesgue demasiado —dijo Sally—. No quisiera que fuese la próxima víctima, Mr. Akibombo.

3

—Valerie, ¿podrías aconsejarme?

—Claro que sí, Jean. Aunque no sé por qué pide nadie consejos, si luego nunca se siguen.

—En realidad, se trata de un caso de conciencia —dijo Jean.

—Entonces yo soy la última persona a quien deberías consultar. Yo no tengo conciencia.

—¡Oh, Valerie, no digas esas cosas!

—Bueno, es bien cierto —replicó Valerie, apagando la colilla—. Traigo modelos de París de contrabando y a las señoras que vienen al salón les digo las mayores mentiras sobre su belleza. Incluso viajo en los autobuses sin pagar cuando ando apurada de dinero. Pero, vamos, dime, ¿de qué se trata?

—Es por lo que Nigel ha dicho a la hora del desayuno. Si uno sabe algo de otro, ¿crees que debe decirlo?

—¡Qué pregunta más tonta! No puede aplicarse una regla general. ¿Qué es lo que quieres o no quieres decir?

—Se trata de un pasaporte.

—¿Un pasaporte? —Valerie se irguió, sorprendida—. ¿De quién?

—De Nigel. Tiene un pasaporte falso.

—¿Nigel? —exclamó Valerie con incredulidad—. No lo creo. No parece posible.

—Es cierto. ¿Y sabes, Valerie?, creo que tiene algo que ver con todo esto. Oí decir a la policía que Celia había mencionado un pasaporte. Supongamos que ella lo descubriese y él la matara.

—Me suena a melodrama —replicó Valerie—. Pero, con franqueza, no creo ni una palabra. ¿Qué es esa historia del pasaporte?

—Yo lo vi.

—¿Cómo que lo viste?

—Fue por casualidad. Estaba buscando algo en mi maletín, hará una o dos semanas, y, por error, cogí el de Nigel. Los dos estaban en un estante del salón.

Valerie lanzó una risa desagradable.

—¡Cuéntaselo a otra! —exclamó—. ¿Qué estabas haciendo en realidad? ¿Espiando?

—¡No, claro que no! —Jean protestó, indignada—. Lo único que no he hecho jamás es mirar los papeles privados de nadie, no soy de esa clase de personas. Solo fue que estaba algo distraída, abrí el maletín y empecé a rebuscar en su interior.

—Escucha, Jean, a mí no puedes engañarme. El maletín de Nigel es mucho más grande que el tuyo y de otro color. Puesto que admites ciertas cosas, debes admitir también que sí eres de esa clase de personas. Muy bien. Tuviste ocasión de curiosear los papeles de Nigel y la aprovechaste.

Jean se puso de pie.

—Mira, Valerie, si continúas siendo tan desagradable y tan injusta, yo...

—¡Oh, vamos, pequeña! —dijo Valerie—. Continúa. Ahora me siento interesada y quiero saberlo.

—Había un pasaporte —replicó la joven—. Estaba en el fondo del maletín y tenía un nombre: Stanford, Stanley o algo por el estilo, y pensé: «Qué extraño que Nigel tenga el pasaporte de otra persona». Lo abrí y la fotografía era de Nigel. ¿No comprendes que debe de llevar una doble vida? Y lo que me pregunto es si debo decírselo a la policía. ¿Tú crees que es mi deber?

Valerie se echó a reír.

—Mala suerte, Jean. A decir verdad, yo creo que tiene una explicación bien sencilla. Pat me lo contó. Nigel recibió un dinero o alguna compensación, con la condición de que cambiara de nombre. Lo hizo legalmente mediante una escritura o algo parecido, pero eso es todo. Creo que su nombre original era Stanfield o Stanley, algo así.

—¡Oh! —Jean parecía avergonzada.

—Pregúntale a Pat, si a mí no me crees.

—Oh, no. Bueno, si es como tú dices, debo haberme equivocado.

—Te deseo mejor suerte la próxima vez.

—No sé a qué te refieres, Valerie.

—Te gustaría hacerle una trastada a Nigel, ¿no es cierto? ¿Y meterlo en líos con la policía?

—Tal vez no me creas, pero lo único que deseo es cumplir con mi deber.

La joven salió de la habitación.

—¡Oh, diablos! —exclamó Valerie.

Llamaron a la puerta y entró Sally.

—¿Qué te ocurre, Valerie? Pareces abatida.

—Es por esa antipática de Jean. ¡En realidad es algo terrible! ¿No crees que pueda haber la más remota posibilidad de que Jean matara a la pobre Celia? Me alegraría muchísimo verla en el banquillo.

—Opino como tú —replicó Sally—. Pero no me parece probable. No creo que Jean se arriesgara hasta el punto de asesinar a nadie.

—¿Qué opinas de Mrs. Nick?

—No sé qué pensar. Pero pronto sabremos a qué atenernos.

—Apostaría diez contra uno a que también la asesinaron —dijo Valerie.

—Pero ¿por qué? ¿Qué ocurre aquí?

—Ojalá lo supiera, Sally. ¿No te has sorprendido alguna vez observando a los demás?

—¿Qué quieres decir con eso de observar a los demás, Pat?

—Mirarlos y preguntarse: «¿Serás tú?». Tengo el presentimiento de que aquí hay algún perturbado. Alguien realmente loco. Loco de remate. Y no me refiero a uno de esos que se creen Napoleón.

—Es posible. —Sally se estremeció—. ¡Ay! Alguien ha pisado mi tumba.

4

—Nigel, tengo que decirte una cosa.

—¿De qué se trata, Pat? —Nigel rebuscaba frenéticamente en uno de los cajones de su cómoda—. No sé qué diablos hice de esos apuntes. Yo creí que los había puesto aquí.

—¡Oh, Nigel, no revuelvas de ese modo! Luego lo dejas todo por en medio y yo tengo que recogerlo.

—Qué diablos, tengo que encontrar mis apuntes, ¿no te parece?

—¡Nigel, tienes que escucharme!

—Está bien, Pat, no te pongas así. ¿Qué ocurre?

—Tengo que confesarte algo.

—Supongo que no se tratará de un crimen —replicó Nigel, con su acostumbrada ligereza.

—¡No, desde luego!

—Oigamos cuál es ese pecadillo.

—Fue un día que te zurcí los calcetines y fui a guardarlos en el cajón de la cómoda.

—¿Sí?

—Y encontré el frasco de morfina. El que tú me dijiste que habías cogido del hospital.

—¡Sí, y valiente alboroto armaste!

—Pero, Nigel, estaba ahí en tu cajón, entre los calcetines, y cualquiera hubiera podido encontrarlo.

—¿Por qué? Nadie viene a revolver entre mis calcetines excepto tú.

—Me pareció mal dejarlo ahí, y ya sé que dijiste que la tirarías después de ganar la apuesta, pero entretanto seguía estando ahí.

—Naturalmente. Aún no había conseguido el tercer veneno.

—A mí me pareció muy mal y cogí el frasco, saqué el veneno y lo llené de bicarbonato. El efecto era el mismo.

Nigel dejó de buscar sus apuntes.

—¡Cielo santo! ¿De veras hiciste eso? ¿Quieres decir que cuando juraba a Len y a Colin que aquel polvo era sulfato de morfina, o tartrato, o lo que sea, lo único que contenía el frasco era bicarbonato?

—Sí. Entiéndeme.

Nigel la interrumpió con el entrecejo fruncido.

—No estoy seguro de que eso no anule la apuesta. Claro que yo no tenía idea.

—Pero, Nigel, era verdaderamente peligroso tenerlo ahí escondido entre la ropa.

—Por Dios, Pat, ¿es que siempre tienes que complicar las cosas? ¿Qué hiciste con la morfina?

—La puse en el frasco del bicarbonato y la escondí en el cajón de mis pañuelos.

Nigel la contempló con asombro.

—Realmente, Pat, tus procesos mentales y tu lógica están más allá de todo calificativo. ¿Por qué lo hiciste?

—Creí que allí estaría más segura.

—Mi querida Pat, si no guardas la morfina bajo llave, ¿qué más daba que estuviera entre mis calcetines o entre tus pañuelos?

—Sí importaba. En primer lugar, yo duermo sola y no comparto mi habitación con nadie.

—Vaya, no pensarás que el pobre Len iba a quitarme la morfina, ¿verdad?

—No pensaba decírtelo, pero ahora debo hacerlo porque ha desaparecido.

—¿Quieres decir que la cogió la policía?

—No. Desapareció antes.

—¿Qué quieres decir? —Nigel la miró consternado—. Pongamos esto en claro. ¿Hay un frasco con la etiqueta de «Bicarbonato» que contiene sulfato de morfina dando vueltas por ahí? En cualquier momento alguien puede tomarse una cucharada si le duele el estómago. ¡Dios santo, Pat! Sí que la has hecho buena. ¿Por qué diablos no la tiraste, si es que tanto te preocupaba?

—Porque la consideré valiosa y creí que debía devolverse al hospital en vez de tirarla. Tan pronto como hubieras ganado la apuesta, pensaba dársela a Celia y pedirle que la devolviera.

—¿Y estás segura de que no se la diste?

—Claro que no. ¿Quieres decir que yo se la di, ella la tomó y fue un suicidio, todo por mi culpa?

—¡Cálmate! ¿Cuándo desapareció?

—No lo sé exactamente. La busqué el día anterior a la muerte de Celia y no pude encontrarla, pero creí que la había dejado en otro sitio.

—¿El día anterior a su muerte ya había desaparecido?

—Supongo que he sido muy estúpida —respondió Patricia con el rostro muy pálido.

—Eso es decir muy poco —replicó Nigel—. ¡Hasta qué extremos puede llegar una inteligencia corta y una conciencia activa!

—Nigel, ¿crees que debo decírselo a la policía?

—¡Oh, diablos! —exclamó Nigel—. Supongo que sí. Y acabará siendo todo culpa mía.

—Oh, no, la culpa fue mía, querido. Yo...

—En primer lugar, yo robé la morfina. Entonces me pareció simplemente divertido, pero ahora oigo ya los maliciosos comentarios como si estuviera en el banquillo.

—Lo siento. Cuando la cogí, mi intención era...

—Tu intención era buena. Lo sé. ¡Lo sé! Escucha, Pat, apenas puedo creer que la morfina haya desaparecido. Habrás olvidado dónde la pusiste. Ya sabes que algunas veces uno se confunde.

—Sí, pero...

Vacilaba mientras la sombra de una duda aparecía en su rostro.

Nigel se levantó con presteza.

—Vamos a tu habitación y hagamos un registro a fondo.

5

—¡Nigel, esta es mi ropa interior!

—¡Vamos, Pat, no me vengas ahora con tonterías! Precisamente aquí entre las bragas es donde hubieras escondido el frasco, ¿no te parece?

—Sí, pero estoy segura de que yo...

—No podemos estar seguros de nada hasta que hayamos mirado en todas partes. Y estoy dispuesto a hacerlo con todo detalle.

Llamaron a la puerta y entró Sally Finch. Se quedó pasmada al ver a Pat sentada en la cama, con un montón de calcetines de Nigel en la mano, mientras este, con todos los cajones de la cómoda abiertos, revolvía como un perro en un cubo de basura, rodeado de un montón de jerséis, medias, sujetadores, bragas y demás accesorios del atuendo femenino.

—Por todos los santos —exclamó Sally—, ¿qué es lo que ocurre?

—Estamos buscando el bicarbonato —replicó Nigel en tono seco.

—¿El bicarbonato? ¿Para qué?

—Me duele el estómago —dijo Nigel sonriendo— y solo el bicarbonato puede calmarme.

—Creo que debo de tener un frasco en alguna parte.

—No me sirve, Sally, tiene que ser el de Pat. Es el único que puede curar mi dolencia especial.

—Estás loco. ¿Qué buscas, Pat?

Patricia meneó la cabeza con pesar.

—¿No habrás visto mi frasco de bicarbonato, Sally? Solo quedaba un poco en el fondo.

—No. —Sally la miró con curiosidad y luego frunció el entrecejo—. Déjame pensar. Alguien de aquí... No, no lo recuerdo. ¿Tienes un sello, Pat? Quiero echar una carta y se me han terminado.

—En aquel cajón.

Sally abrió el cajón del escritorio, sacó un pliego de sellos, cogió uno que pegó en la carta que llevaba en la mano, guardó los restantes y puso dos peniques y medio sobre el escritorio.

—Gracias. ¿Quieres que eche esta carta tuya?

—Sí, no. No. Creo que esperaré.

Sally asintió mientras caminaba hacia la puerta.

Pat dejó los calcetines que tenía en la mano y se retorció los dedos, nerviosa.

—¿Nigel?

—¿Qué? —El joven había trasladado su atención al armario y estaba registrando los bolsillos de un abrigo.

—Tengo que confesarte algo más.

—Dios santo, Pat, ¿qué has hecho?

—Tengo miedo de que te enfades.

—Estoy ya más que enfadado. Estoy asustado. Si Celia fue envenenada con la morfina que yo cogí, probablemente pasaré años y años en la cárcel, eso si no me ahorcan.

—No tiene nada que ver con todo esto. Se trata de tu padre.

—¿Qué? —Nigel giró en redondo con la sorpresa e incredulidad reflejadas en el rostro.

—Sabes que está muy enfermo, ¿no es cierto?

—No me importa lo enfermo que esté.

—Lo dijeron anoche por la radio. «Sir Arthur Stanley, el famoso investigador químico, se encuentra gravemente enfermo.»

—Es agradable ser célebre. Todo el mundo se entera de cuando uno está enfermo.

—Nigel, si se está muriendo, deberías reconciliarte con él.

—¡Y un cuerno!

—Pero si se está muriendo.

—¡Será el mismo cerdo muriéndose que cuando estaba vivito y coleando!

—No seas así, Nigel. Tan rencoroso y falto de caridad.

—Escucha, Pat, ya te lo dije una vez: él mató a mi madre.

—Ya sé que lo dijiste y que tú la adorabas, pero yo creo que algunas veces exageras, Nigel. Muchísimos maridos son crueles e intransigentes y hacen desgraciadas a sus esposas. Pero decir que tu padre mató a tu madre es una extravagancia y, en realidad, no es cierto.

—Tú sabes mucho de eso, ¿verdad?

—Sé que algún día te arrepentirás de no haberte reconciliado con tu padre antes de su muerte. Por eso... —Pat hizo una pausa para tomar ánimos—, por eso he escrito a tu padre y le he dicho...

—¿Que le has escrito? ¿Es esa carta que Sally quería echar? —Se dirigió al escritorio—. Ya lo veo.

Cogiendo el sobre con manos temblorosas, lo hizo pedazos y lo arrojó a la papelera.

—¡Ya está! Y nunca más vuelvas a hacer nada semejante.

—Nigel, te comportas como una criatura. Puedes romper la carta, pero no impedirme que escriba otra, y la escribiré.

—Eres una romántica incurable. ¿No se te ha ocurrido pensar que cuando digo que mi padre asesinó a mi madre, lo declaro basándome en un hecho indiscutible? Mi madre murió de una sobredosis de veronal. En el juicio dijeron que la tomó por error, pero no la tomó por error. Fue mi padre quien se la dio deliberadamente. Quería casarse con otra, y mi madre no quiso concederle el divorcio. Es la historia de un crimen vulgar. ¿Qué hubieras hecho en mi lugar? ¿Denunciarlo a la policía? Mi madre no habría querido eso. Así que hice lo único que podía hacer: decirle a ese cerdo que lo sabía y marcharme para siempre. Incluso me cambié el nombre.

—Nigel, lo siento. Nunca imaginé...

—Bueno, ahora ya lo sabes. El respetable y famoso Arthur Stanley, con sus investigaciones y antibióticos. Pero su amiguita no se casó con él. Lo dejó. Creo que debió de adivinar lo que él había hecho.

—Nigel, querido, qué horror. Lo siento.

—Está bien. No volveremos a hablar de esto. Continuemos buscando el maldito bicarbonato. Piensa exactamente en lo que hiciste con la morfina. Apoya la cabeza entre las manos y piensa, Pat.

6

Genevieve entró en el salón muy agitada. Se dirigió a los presentes en voz baja y excitada.

—Ahora estoy segura, completamente segura, de saber quién mató a la pobre Celia.

—¿Quién fue, Genevieve? —preguntó René—. ¿Qué ha sucedido para que estés tan segura?

Genevieve miró cautelosamente a su alrededor para cerciorarse de que la puerta estaba cerrada y, bajando aún más la voz, contestó:

—Fue Nigel Chapman.

—Nigel Chapman, pero ¿por qué?

—Escuchad. Ahora mismo, al pasar por el corredor para dirigirme a la escalera, he oído voces en la habitación de Patricia. Era Nigel quien hablaba.

—¿Nigel? ¿En la habitación de Patricia? —exclamó Jean en tono de censura.

Pero Genevieve no le hizo caso.

—Le estaba diciendo que su padre había matado a su madre, que *pour ça* había cambiado de nombre. Está bien claro, ¿no? Su padre fue un asesino convicto y Nigel lo lleva en la sangre.

—Es posible —dijo Chandra Lal, reflexionando complacido sobre aquella posibilidad—. Es muy posible. Nigel es tan violento, tan desequilibrado. No tiene dominio de sí mismo. ¿No estáis de acuerdo conmigo? —Y se volvió con aire condescendiente hacia Mr. Akibombo, que asintió con entusiasmo con su cabeza morena y rizada, al tiempo que exhibía sus blancos dientes en una sonrisa.

—Siempre he pensado —intervino Jean— que Nigel no tiene sentido de la moral. Es una persona totalmente degenerada.

—Es un crimen pasional, sí —afirmó Achmed Ali—. Duerme con la chica y luego la mata porque es una buena muchacha respetable que espera casarse.

—Majaderías —estalló Leonard Bateson.

—¿Qué has dicho?

—¡Digo que son majaderías! —gritó Len.

Capítulo 17

1

Nigel, sentado en un cuarto de la comisaría, miró nerviosamente los severos ojos del inspector Sharpe.

—¿Se da usted cuenta, Mr. Chapman, de que lo que acaba de contarnos es muy serio? Muy serio.

—Claro que me doy cuenta. No hubiera venido a contárselo de no considerarlo urgente.

—¿Y dice usted que miss Lane no recuerda exactamente cuándo vio por última vez ese frasco de bicarbonato que contenía morfina?

—Está aturdida y cuanto más se esfuerza por recordar, más se confunde. Dice que yo la pongo nerviosa, y ahora está intentando hacer memoria mientras yo venía a verle a usted.

—Será mejor que vayamos enseguida a Hickory Road.

Mientras hablaba sonó el teléfono, y el agente que había estado tomando nota de la historia de Nigel alargó la mano y atendió la llamada.

—Es miss Lane —dijo después de escuchar—. Desea hablar con Mr. Chapman.

Nigel se inclinó sobre la mesa y cogió el teléfono que le alargaba el agente.

—¿Pat? Soy Nigel.

La voz de la joven llegó hasta él nerviosa, sin aliento.

—Nigel. ¡Creo que ya lo tengo! Quiero decir que ya sé quién lo ha cogido del cajón de mis pañuelos, ¿sabes? Solo hay una persona que...

La voz se interrumpió.

—Pat. Dime. ¿Estás ahí? ¿Quién ha sido?

—Ahora no puedo decírtelo. Más tarde. ¿Vas a venir?

El teléfono estaba lo bastante cerca del agente y del inspector como para que pudieran oír claramente la conversación, y Sharpe asintió ante la mirada interrogadora de Nigel.

—Dígale que «enseguida».

—Vamos enseguida —le anunció Nigel—. Salimos ahora mismo.

—Bien. Estaré en mi habitación.

—Hasta luego, Pat.

Apenas pronunciaron palabra durante el breve trayecto hasta Hickory Road. Sharpe se preguntaba si al final habría encontrado una pista. ¿Podía ofrecerles Patricia Lane alguna prueba definitiva o serían meras suposiciones suyas? Estaba claro que había recordado algo que le parecía importante. Suponía que había telefoneado desde el vestíbulo y que, por consiguiente, había tenido que ser comedida. A aquella hora de la tarde muchas personas pasaban por allí.

Nigel abrió la puerta de la residencia con su llave y entraron en la casa. A través de la puerta del salón, Sharpe distinguió la pelirroja cabeza de Leonard Bateson inclinada sobre unos libros.

Nigel los condujo arriba y recorrieron el pasillo hasta la habitación de Pat. Llamó a la puerta y entró.

—Hola, Pat. Aquí está...

Su voz murió en un gemido ahogado. Permaneció inmóvil. Por encima del hombro del joven, Sharpe vio todo lo que había que ver.

Patricia Lane yacía en el suelo.

El inspector apartó a Nigel suavemente y se arrodilló junto al cuerpo de la muchacha. Le alzó la cabeza, le tomó el pulso y luego la volvió a dejar en la misma posición con sumo cuidado. Se puso de pie con el rostro grave.

—¡No! —aclamó Nigel con voz histérica—. No, no, no.

—Sí, Mr. Chapman. Está muerta.

—No, no. ¡Pat, no! Cómo...

—Con esto.

Era un arma sencilla e improvisada: un pisapapeles de mármol metido en un calcetín de lana.

—La han golpeado en la nuca. Un arma muy efectiva. Si le sirve de consuelo, Mr. Chapman, yo creo que ni siquiera llegó a enterarse.

Nigel se sentó temblando en la cama.

—Ese es uno de mis calcetines. Iba a zurcírmelo. Oh, Dios mío, iba a zurcírmelo.

De pronto empezó a llorar como un niño, con abandono y sin ninguna vergüenza.

Sharpe continuaba reconstruyendo el crimen.

—Ha sido alguien que ella conocía muy bien. Alguien que cogió el calcetín e introdujo el pisapapeles en su interior. ¿Reconoce el pisapapeles, Mr. Chapman?

Lo sacó del calcetín para enseñárselo.

Nigel lo miró sin dejar de llorar.

—Pat lo tenía siempre encima de su escritorio. Un León de Lucerna.

Escondió el rostro entre las manos.

—¡Pat..., oh, Pat! ¡Qué voy a hacer sin ti!

De repente, se irguió echando hacia atrás sus revueltos cabellos.

—¡Mataré a quien haya hecho esto! ¡Lo mataré! ¡Cerdo asesino!

—Cálmese, Mr. Chapman. Sí, sí, sé lo que siente. Ha sido algo brutal.

—¡Pat nunca hizo daño a nadie!

Consolándolo como pudo, el inspector Sharpe lo hizo salir de la habitación. Luego volvió a entrar, se inclinó sobre el cadáver de la joven y, con mucha suavidad, cogió algo que tenía entre los dedos.

2

Geronimo, con la frente perlada de sudor, miraba con ojos asustados de un rostro a otro.

—No he visto nada. No he oído nada. Se lo aseguro. Yo no sé nada en absoluto. Yo estoy en la cocina con Maria. Preparo la minestrone, gratino el queso...

Sharpe interrumpió su discurso.

—Nadie le acusa. Solo deseamos aclarar algunos horarios: ¿Quiénes han entrado y salido de la casa en la última hora? ¿Puede decírmelo?

—No lo sé. ¿Cómo iba a saberlo?

—Pero usted puede ver quién entra y quién sale desde la ventana de la cocina.

—Quizá sí.

—Entonces dígalo.

—A esa hora del día entran y salen muchos estudiantes.

—¿Quiénes estaban en la casa entre las seis y las seis y treinta y cinco, cuando nosotros hemos llegado?

—Todo el mundo, excepto el joven Mr. Nigel, Mrs. Hubbard y miss Hobhouse.

—¿Cuándo salieron?

—Mrs. Hubbard antes de la hora del té, y todavía no ha regresado.

—Continúe.

—El joven Mr. Nigel salió hará media hora, poco antes de las seis. Parecía muy trastornado. Y acaba de llegar ahora con ustedes.

—Eso es cierto, sí.

—Miss Valerie se marchó a las seis en punto. Estaban dando las señales horarias, pip, pip, pip. Iba muy elegante, con un vestido de cóctel. Aún no ha vuelto.

—Y todos los demás, ¿están en la casa?

—Sí, señor. Todos están aquí.

Sharpe echó una ojeada a su libreta. Tenía anotada la hora de la llamada telefónica de Pat. Exactamente a las seis y ocho minutos.

—¿Todos los demás se quedaron en la casa? ¿No regresó nadie durante esa media hora?

—Solo miss Sally. Había salido a echar una carta y volvió.

—¿Sabe usted a qué hora regresó?

Geronimo frunció el entrecejo.

—Volvió cuando estaban dando las noticias.

—Entonces, después de las seis.

—Sí, señor.

—¿Qué noticias estaban dando?

—No lo recuerdo, señor. Pero desde luego era antes de los deportes, porque entonces apagamos la radio.

Sharpe mostró una sonrisa agria. Era un campo muy extenso. Solo podían excluir a Nigel Chapman, Valerie Hobhouse y Mrs. Hubbard. Sería un interrogatorio largo y agotador. ¿Quién había estado en el salón? ¿Quién lo había abandonado? ¿Cuándo? ¿Quién podría responder de quién? Y a esto había que agregar que muchos estudiantes, sobre todo los asiáticos y los africanos, eran poco precisos por naturaleza en cuanto a las horas. La tarea no resultaría precisamente envidiable.

Pero había que realizarla.

3

En la habitación de Mrs. Hubbard se respiraba un ambiente triste. La misma Mrs. Hubbard, todavía con su ropa de calle y el rostro tenso por la preocupación, ocupaba el sofá. Sharpe y el sargento Cobb estaban sentados ante una mesita.

—Creo que telefoneó desde aquí —dijo Sharpe—. A eso de las seis y ocho, varias personas entraron y salieron del salón, o por lo menos eso dicen, y nadie vio ni oyó que se utilizara el teléfono del vestíbulo. Claro que las horas que dan no merecen mucha confianza, porque la mayoría nunca mira el reloj. Pero yo creo que entró aquí para telefonear a la comisaría. Usted había salido, Mrs. Hubbard, aunque supongo que no cierra la puerta con llave.

Esta meneó la cabeza.

—Mrs. Nicoletis la cerraba siempre, pero yo no.

—Patricia Lane entra aquí para telefonear, excitada por lo acaba de recordar. Luego, mientras está hablando, se abre la puerta y alguien entra o se asoma. Patricia se asusta y cuelga. ¿Acaso porque reconoció al intruso como la persona cuyo nombre estaba a punto de pronunciar? ¿O por mera precaución? Pueden ser las dos cosas. Yo me inclino por la primera suposición.

Mrs. Hubbard asintió enfáticamente.

—Quienquiera que fuese pudo haberla seguido hasta aquí y, tal vez, después de estar escuchando detrás de la puerta, entró para impedir que Pat continuara.

—Y luego...

El rostro de Sharpe se ensombreció.

—Esa persona acompañó a Pat a su habitación charlando con normalidad. Tal vez Patricia la acusó de haber cogido el bicarbonato, y quizá ella le diera una explicación plausible.

Mrs. Hubbard preguntó tajantemente:

—¿Por qué dice usted *ella?*

—¡Extraña cosa un pronombre! Cuando encontramos el cadáver, Nigel Chapman dijo: «¡Mataré a quien haya hecho esto! *Lo* mataré». Observé que se refería a un hombre. Tal vez porque asoció la idea de violencia a un hombre. O tal vez por tener alguna ligera sospecha que señala a un hombre, a uno en particular. Si se trata de esto último, debemos averiguar cuáles fueron sus razones para pensar así. En cambio, yo me he inclinado desde el primer momento por una mujer.

—¿Por qué?

—Por lo siguiente. Alguien entró con Patricia en su habitación, alguien con quien ella se sentía tranquila, y eso señala a otra mujer. Los estudiantes no van a los dormitorios de las chicas a no ser por alguna razón especial. ¿No es así, Mrs. Hubbard?

—Sí. No es que sea una regla estricta, pero por lo general se cumple.

—El otro lado de la casa está aislado de este, excepto en la planta baja. Si aceptamos que la conversación entre Nigel y Pat fue escuchada, con toda probabilidad debió ser una mujer quien la oyera.

—Sí, comprendo lo que quiere decir. Y algunas de las chicas parecen pasarse la mitad del tiempo espiando por el ojo de la cerradura.

Se le subieron los colores y agregó a modo de disculpa:

—Eso no es del todo cierto. En realidad, aunque estas casas están sólidamente construidas, los tabiques divisorios son delgados como el papel y se escucha con toda claridad lo que se dice en otra habitación. Admito que a Jean le gusta mucho fisgonear. Y, por supuesto, cuando Genevieve oyó que Nigel le decía a Pat que su padre había asesinado a su madre, se detuvo y escuchó todo lo que pudo.

El inspector asintió. Ya había escuchado las declaraciones de Sally Finch, Jean Tomlinson y Genevieve.

—¿Quiénes ocupan las habitaciones contiguas a las de Patricia?

—Genevieve está al otro lado, pero la pared es una de las maestras. Elizabeth Johnston al otro lado, cerca de la escalera. Solo las separa un tabique.

—Eso reduce el campo.

—La francesa oyó el final de la conversación. Sally Finch estaba presente antes de ir a echar la carta. Pero el hecho de que las dos jóvenes estuvieran allí excluye automáticamente la posibilidad de que alguien más estuviera escuchando, excepto durante un tiempo muy reducido. Siempre con la excepción de Elizabeth Johnston, que pudo haberlo oído todo a través del tabique, de haber estado en su habitación. Pero parece ser que ya estaba en el salón cuando Sally Finch salió a echar la carta.

—¿Y permaneció allí todo el tiempo?

—No, en algún momento subió en busca de un libro que había olvidado. Y como de costumbre, nadie puede precisar cuándo.

—Pudo ser cualquiera —replicó Mrs. Hubbard, desalentada.

—Según sus declaraciones, sí. Pero tenemos una pequeña prueba.

Sacó del bolsillo un papelito doblado.

—¿Qué es? —preguntó Mrs. Hubbard.

Sharpe sonrió.

—Un par de cabellos que he cogido de entre los dedos de Patricia Lane.

—Quiere decir que...

Llamaron a la puerta.

—Adelante —dijo el inspector.

La puerta se abrió para dar paso a Mr. Akibombo, que llegaba sonriente.

—¿Me permite?

El inspector Sharpe le replicó impaciente:

—Sí... eh... hum... ¿qué desea?

—Tengo que hacer una declaración. Algo de suma importancia para esclarecer este triste y trágico suceso.

Capítulo 18

—Bien, Mr. Akibombo —dijo el inspector Sharpe, resignado—, oigamos de qué se trata.

Le habían proporcionado una silla. Mr. Akibombo estaba frente a los demás, que lo miraban con gran atención.

—Gracias. ¿Empiezo yo?

—Sí, por favor.

—Verá, algunas veces tengo inquietantes sensaciones en el estómago.

—Oh.

—Tengo el estómago delicado. Eso es lo que dice miss Sally. Pero no estoy realmente enfermo. No tengo vómitos.

El inspector Sharpe pudo contenerse a duras penas mientras Mr. Akibombo explicaba los detalles médicos de su dolencia.

—Sí, sí —le dijo—. Lo lamento mucho, se lo aseguro, pero usted deseaba decirnos...

—Tal vez se debe a comidas a las que no estoy acostumbrado. Me siento lleno aquí. —Y Mr. Akibombo indicó el lugar—. Yo creo que no como suficiente carne y demasiados cardohidrados.

—Carbohidratos —le corrigió el inspector mecánicamente—. Pero no comprendo...

—Algunas veces tomo una píldora, sales de frutas y otros polvos estomacales. No tiene importancia lo que sea, el caso es que me hace expulsar el aire así. —Y Mr. Akibombo largó un notable eructo—. Después —sonrió con aire seráfico—, me siento mucho mejor, muchísimo mejor.

El rostro del inspector mostraba un color morado. Mrs. Hubbard dijo en tono autoritario:

—Comprendemos perfectamente todo esto. Ahora pase a lo siguiente.

—Sí, desde luego. Bien, como digo, esto me sucedió a principios de la semana pasada, no recuerdo exactamente qué día. Los macarrones estaban muy buenos, comí muchos y luego me sentí muy mal. Quise hacer un trabajo para mi profesor, pero me resultaba difícil pensar con esta pesadez aquí. —Mr. Akibombo indicó de nuevo el punto exacto—. Era después de cenar y en el salón estábamos solo Elizabeth y yo, y le pregunté: «¿Tiene un poco de bicarbonato o polvos estomacales? He terminado los míos». Y ella respondió: «No, pero he visto un bote en el cajón de Pat cuando he ido a devolverle un pañuelo que le pedí prestado. Iré a buscarlo», me dijo. «A Pat no le importará.» Así que subió y regresó con un frasco de bicarbonato. Quedaba muy poco en el fondo del frasco, que estaba casi vacío. Le di las gracias y me fui con el frasco al lavabo, vertí en el agua casi todo el que quedaba, una cuchara de café llena, y después de revolverlo me lo bebí.

—¿Una cucharada? ¡Una cucharada! ¡Cielo santo!

El inspector lo miró fascinado. El sargento Cobb se inclinó hacia delante con expresión de asombro.

Mrs. Hubbard murmuró.

—¡Rasputín!

—¿Se tragó una cucharada de morfina?

—Yo creí que era bicarbonato, claro.

—¡Sí, sí, lo que no comprendo es que esté ahora aquí sentado!

—Y luego me puse muy enfermo. No sentía aquella opresión de antes, sino un dolor, un dolor agudo en el estómago.

—¡No sé cómo no está muerto!

—Rasputín —replicó Mrs. Hubbard—. Le daban veneno y más veneno, en grandes cantidades, y no conseguían matarlo.

—De modo que al día siguiente —continuó Mr. Akibombo—, cuando me sentí mejor, llevé el frasco con el polvo que quedaba dentro a un farmacéutico para que me dijera qué había tomado que me había hecho tanto daño.

—¿Sí?

—Me dijo que volviera más tarde y, cuando regresé, exclamó: «¡No es extraño! Esto no es bicarbonato, sino ácido bórico. Se puede poner en los ojos, pero si se toma una cucharada es natural que se sienta enfermo».

—¡Ácido bórico! —El inspector lo contempló estupefacto—. Pero ¿cómo fue a parar a ese frasco? ¿Qué le ocurrió a la morfina? —Gimió—. ¡Habrase visto algo más descabellado!

—Y yo he estado pensando —dijo Mr. Akibombo.

—¿Que usted ha estado pensando? ¿Y qué es lo que ha pensado?

—He estado pensando en miss Celia y en cómo murió, y que alguien debió de entrar en su habitación después de su muerte para dejar la botella vacía de morfina y el pedazo de papel en que decía que se había suicidado.

Mr. Akibombo hizo una pequeña pausa y el inspector asintió.

—Y por eso me dije, ¿quién pudo hacerlo? Yo creo que para una de las señoritas hubiera sido fácil, pero para un hombre no tanto, ya que habría tenido que bajar la escalera de nuestra casa y subir por otra, y cualquiera pudo despertarse y verle u oírle. De modo que me puse a pensar de nuevo y me dije: supongamos que fuese alguno de los de nuestra casa, pero que tuviera la habitación contigua a la de miss Celia, solo que ella está en casa, ¿comprende? En la habitación de él hay un balcón y en la de ella también, y es probable que ella duerma con el balcón abierto, como medida higiénica. Así que, si fuera fuerte y atlético, podría saltar hasta su habitación.

—La habitación contigua a la de Celia, pero que pertenece a la otra casa —dijo Mrs. Hubbard—. Déjeme pensar: es la de Nigel y...

—Len Bateson —terminó el inspector, mientras sus dedos acariciaban el papel doblado que tenía en la mano—, Len Bateson.

—Es muy simpático, sí —afirmó Mr. Akibombo con pesar—. Y para mí aún más, aunque psicológicamente uno no sabe lo que se esconde debajo de la superficie. Es eso, ¿no? La teoría moderna. Chandra Lal se puso furioso cuando le desapareció el ácido bórico para sus ojos y más tarde, al preguntarle, me dijo que le habían dicho que se lo había quitado Len Bateson.

—La morfina fue cogida del cajón de Nigel y sustituida por el ácido bórico. Y cuando Patricia Lane vino aquí, sustituyó el bicarbonato por lo que pensaba que era morfina, aunque en realidad era ácido bórico. Sí, ya comprendo.

—¿Le he servido de ayuda? —preguntó Mr. Akibombo de forma educada.

—Sí, por supuesto, le estamos muy agradecidos. No repita a nadie nada de todo esto.

—No, señor. Tendré cuidado.

Mr. Akibombo lo saludó cortésmente y salió de la habitación.

—Len Bateson —exclamó Mrs. Hubbard con voz alterada—. ¡Oh! ¡No!

Sharpe la miró.

—¿No quiere que sea Len Bateson?

—Le he tomado aprecio a ese chico. Tiene genio, lo sé, pero es siempre tan agradable.

—Lo mismo se ha dicho de muchísimos criminales —replicó Sharpe.

Con toda calma, desenvolvió el paquete. Mrs. Hubbard, obedeciendo a una indicación suya, se inclinó para mirar.

En el papel había dos cabellos rojos, cortos y ensortijados.

—¡Oh, Dios mío! —exclamó Mrs. Hubbard.

—Sí —dijo Sharpe en tono reflexivo—. En mi larga experiencia he aprendido que un asesino comete siempre por lo menos un error.

Capítulo 19

1

—Pero esto es estupendo, amigo mío —dijo Hércules Poirot, admirado—. Tan claro, tan maravillosamente claro.

—Habla como si se tratara de una sopa —gruñó el inspector—. A usted puede parecerle un consomé, pero para mí es un caldo muy espeso.

—Ya no. Todo encaja en su lugar correspondiente.

—¿Incluso esto?

Como hiciera con Mrs. Hubbard, el inspector Sharpe le mostró los dos cabellos rojos.

La respuesta de Poirot fue la misma que utilizara Sharpe.

—Ah, sí. El error deliberado.

Las miradas de los dos hombres se encontraron.

—Nadie es tan listo como se cree —continuó Hércules Poirot.

El inspector Sharpe se sintió tentado de responder: «¿Ni siquiera Hércules Poirot?», pero se contuvo.

—Y en cuanto a lo otro, ¿todo arreglado, amigo mío?

—Sí, el globo será lanzado mañana.

—¿Irá usted en persona?

—No, yo tengo que estar en el 26 de Hickory Road. Cobb estará al cargo.

—Le desearemos buena suerte.

Hércules Poirot alzó con aire solemne un vaso que contenía *crème de menthe*.

El inspector Sharpe alzó su vaso de whisky.

—Lo mismo digo.

2

—En estos sitios saben hacer las cosas —comentó el sargento Cobb.

Contemplaba admirado el escaparate de Sabrina Fair. Enmarcada por una lujosa demostración del arte del cristal —la translúcida onda verde—, Sabrina aparecía recostada, vestida solo con unas finísimas bragas y rodeada por una extensa variedad de cosméticos exquisitamente envasados. Además de las bragas, lucía diversas joyas de bisutería.

El agente-detective McCrae lanzó un gruñido desaprobador.

—Esto es una blasfemia. Sabrina Fair es algo de Milton, ¿no?

—Bueno, Milton no es la Biblia, muchacho.

—No negará que *El Paraíso perdido* trata de Adán y Eva, del jardín del Edén y de todos los diablos del infierno, y si eso no es religión, ¿qué es?

El sargento Cobb no quiso meterse en controversias y entró decidido en el establecimiento, acompañado del policía. En el interior rosado de Sabrina Fair, el sargento y su satélite parecían tan fuera de lugar como un pulpo en un garaje.

Una exquisita criatura vestida de rosa salmón se acercó a ellos dando la impresión de que sus pies apenas rozaban el suelo.

—Buenos días, madame —la saludó el sargento Cobb, que le mostró sus credenciales. La encantadora criatura desapareció agitadísima. Al poco rato, llegó otra belleza de más edad. Esta a su vez dio paso a una soberbia y resplandeciente duquesa con el pelo gris azulado, cuyas suaves mejillas habían desterrado las arrugas propias de los años. Sus ojos grises como el acero se fijaron en los del sargento Cobb.

—Esto es algo inusitado —manifestó la duquesa con severidad—. Hagan el favor de pasar por aquí.

Los condujo a través de un salón, con una mesa de centro en la que se amontonaban revistas y periódicos. Junto a las paredes, se veían pequeños cubículos cerrados con cortinas que dejaban vislumbrar a señoras sometidas a los cuidados de sacerdotisas con túnicas rosas.

La duquesa acompañó a los policías a un despacho muy iluminado, en el que había un gran escritorio de tapa corredera y varias sillas.

—Yo soy Mrs. Lucas, propietaria de este establecimiento —dijo—. Mi socia, miss Hobhouse, no está hoy aquí.

—No, madame —contestó el sargento Cobb, para quien aquello no era una novedad.

—La orden de registro que traen ustedes me parece improcedente —añadió Mrs. Lucas—. Este es el despacho de miss Hobhouse. Espero sinceramente que no sea necesario molestar a nuestras clientas en ningún sentido.

—No creo que tenga que preocuparse por eso —replicó Cobb—. Lo que andamos buscando no es probable que se encuentre en los salones.

Aguardó educadamente mientras ella se retiraba de mala gana. Luego examinó el despacho de Valerie Hobhouse. La estrecha ventana daba a la parte de atrás de otros establecimientos de Mayfair. Las paredes estaban pintadas de gris pálido y dos hermosas alfombras persas cubrían el suelo. Cobb miró la pequeña caja fuerte empotrada y luego el enorme escritorio.

—No estará en la caja. Demasiado obvio.

Un cuarto de hora más tarde, la caja fuerte y los cajones del escritorio ya no tenían secretos para ellos.

—Esto parece una pérdida de tiempo —afirmó McCrae, que era por naturaleza pesimista y rezongón.

—Acabamos de empezar —replicó Cobb.

Después de vaciar el contenido de todos los cajones y ordenar su contenido en pilas, procedió a sacar los cajones y a volcarlos boca abajo.

Lanzó una exclamación de placer.

—Aquí están, muchacho.

Sujetos con cinta adhesiva a la parte inferior del último cajón había media docena de libritos azul oscuro con letras doradas.

—Pasaportes expedidos por el Ministerio de Asuntos Exteriores de Su Majestad, Dios bendiga su confiado corazón —dijo el sargento Cobb.

McCrae se inclinó con interés, mientras su compañero abría los pasaportes y comparaba las correspondientes fotografías.

—Apenas parece la misma mujer, ¿verdad? —comentó McCrae.

Los pasaportes pertenecían a Mrs. Da Silva, miss Irene French, Mrs. Olga Kohn, miss Nina Le Mesurier, Mrs. Gladys Thomas y miss Moira O'Neele. Y todos representaban a una mujer morena que oscilaba entre los veinticinco y los cuarenta años de edad.

—El cambio es obra del peinado —señaló Cobb—. A lo Pompadour, rizado, liso, con melena de paje, etcétera. Se hinchó las mejillas para hacer de Olga Kohn y las redondeó para fingirse Mrs. Thomas. Aquí hay otros dos pasaportes extranjeros: madame Mahmoudi, de Argelia, y Sheila Donovan, de Irlanda. Debe de tener cuentas corrientes bajo todos estos nombres.

—Un poco complicado, ¿no?

—Tiene que serlo, muchacho. Los inspectores de Hacienda siempre andan husmeando y planteando preguntas embarazosas. No es difícil hacer dinero pasando género de contrabando, pero sí cuesta Dios y ayuda ocultarlo cuando se tiene. Apuesto a que esa joven abrió aquel pequeño club de juego de Mayfair por la misma razón. El dinero que se gana en el juego es el único cuya procedencia no pueden comprobar los del fisco. Buena parte del botín debe de estar en Argelia, en bancos franceses y en Irlanda. Todo este asunto ha sido bien organizado. Y luego, un día, debió de olvidar uno de estos pasaportes falsos en Hickory Road y la pobre desgraciada Celia lo vio.

Capítulo 20

—Fue una idea muy inteligente la de miss Hobhouse —comentó el inspector Sharpe con voz indulgente, casi paternal.

Barajó los pasaportes como si fueran naipes.

—Las finanzas son un asunto complicado —continuó—. Hemos tenido mucho trabajo yendo de un banco a otro. Había cubierto bien su rastro, me refiero a su rastro financiero. Yo creo que dentro de un par de años se habría marchado al extranjero a vivir allí tranquilamente de sus ganancias ilícitas. No eran grandes cosas: diamantes ilegales, zafiros, etcétera, que entraban en el país, objetos robados que sacaban al exterior y, de paso, narcóticos. Todo muy bien organizado. Ella viajaba al extranjero por su cuenta y bajo distintas personalidades, pero nunca demasiado a menudo, y el verdadero contrabando lo hacían otros sin saberlo. Tenía agentes en el extranjero que se encargaban de cambiar las mochilas en el momento preciso. Sí, era una idea inteligente. Y tenemos que agradecerle a monsieur Poirot que lo descubriera. También fue muy lista al sugerirle los robos psicológicos a la pobre miss Austin. Usted se dio cuenta casi en el acto, ¿no es cierto, monsieur Poirot?

El detective belga sonrió con modestia y Mrs. Hubbard lo contempló admirada. La conversación, estrictamente privada, tenía lugar en el salón de esta última.

—Su fallo fue la avaricia —señaló Poirot—. Le tentó el fino brillante del anillo de Patricia Lane. Fue una tontería por su parte, porque eso de coger el diamante y sustituirlo por una circonita daba a entender enseguida que estaba acostumbrada a manejar piedras preciosas. Sí, eso me hizo sospechar de Valerie Hobhouse, aunque estuvo magnífica cuando yo le hablé de que alguien le había inspirado la idea a Celia, admitiéndolo gustosa y explicándolo de manera simpática y espontánea.

—¡Pero asesinar! —exclamó Mrs. Hubbard—. Asesinar a sangre fría. Todavía me cuesta creerlo.

El inspector Sharpe tenía una expresión lúgubre.

—Aún no estamos en posición de poder acusarla del asesinato de Celia Austin. La hemos pillado por el contrabando, desde luego. De eso no hay duda. Aunque la acusación de asesinato resulta más difícil. El fiscal no ve la manera de hacerlo. Tuvo motivos y oportunidad, eso sí. Probablemente, sabía lo de la apuesta y que Nigel se hallaba en posesión de la morfina. Pero no existen pruebas de ello, y hay que tener en cuenta otras dos muertes. Pudo haber envenenado a Mrs. Nicoletis. Por otro lado, sin embargo, es imposible que matara a Patricia Lane. En realidad, es la única persona que tiene coartada. Geronimo asegura que salió de la casa a las seis. No sé si ella lo sobornaría.

—No —replicó Poirot meneando la cabeza—. Ella no le sobornó.

—Y tenemos el testimonio del farmacéutico de la esquina. La conoce muy bien y dice que entró a las seis y cinco para comprar polvos y aspirina, y que luego utilizó el teléfono. Salió de la farmacia a las seis y cuarto y cogió un taxi en la parada.

Poirot se enderezó en su silla.

—¡Pero eso es magnífico! —exclamó—. ¡Precisamente lo que necesitábamos!

—¿Qué diablos quiere decir?

—Me refiero a la llamada que hizo desde la cabina de la farmacia.

El inspector Sharpe lo miró exasperado.

—Veamos, monsieur Poirot, atengámonos a los hechos. A las seis y ocho, Patricia Lane está viva y telefoneando a la comisaría desde esta habitación. ¿Está usted de acuerdo en esto?

—No creo que telefoneara desde esta habitación.

—Bueno, entonces desde el vestíbulo.

—Tampoco desde allí.

El inspector Sharpe suspiró.

—¿Supongo que no me negará que telefoneó a la comisaría? ¿No pensará que el agente Nye, Nigel Chapman, mi sargento y yo mismo fuimos víctimas de una alucinación?

—Por supuesto que no. Existió esa llamada, pero yo creo que fue hecha desde la cabina de la farmacia.

El inspector Sharpe se quedó boquiabierto.

—¿Quiere usted decir que fue Valerie Hobhouse quien telefoneó y que fingió ser Patricia Lane, cuando esta ya estaba muerta?

—Eso es exactamente lo que quiero decir.

El inspector guardó silencio y luego descargó un puñetazo contra la mesa.

—No lo creo. La voz, yo mismo la oí.

—Sí, usted oyó una voz femenina, excitada, sin aliento. Sin embargo, usted no conocía lo bastante la voz de Patricia Lane para asegurar que fuera la suya.

—Tal vez, pero fue Nigel Chapman quien habló con ella. No irá a decirme que Nigel Chapman también se engañó. No es fácil imitar una voz por teléfono, o disfrazar la propia. Nigel Chapman se habría dado cuenta de que no era la voz de Pat.

—Sí. Nigel Chapman lo hubiera sabido, y sabía muy bien que no era Patricia. ¿Quién iba a saberlo mejor que él, que poco rato antes acababa de matarla dándole un golpe en la cabeza?

El inspector tardó unos instantes en recuperar el habla.

—¿Nigel Chapman? ¿Nigel Chapman? Pero si cuando la encontramos muerta lloró... lloró como un niño.

—No me extraña —continuó Poirot—. Creo que la apreciaba tanto como cualquiera, pero eso no consiguió salvarla, no si representaba una amenaza para sus intereses. Durante todo el tiempo Nigel Chapman ha aparecido como el más sospechoso. ¿Quién tiene una inteligencia lo bastante brillante como para planear un asesinato y la audacia de llevarlo a cabo? Chapman. ¿Quién es despiadado y orgulloso? Nigel Chapman. Tiene todas las características del asesino: la vanidad arrogante, la malignidad y la temeridad de atraer la atención hacia él de un modo inconcebible, empleando la tinta verde en una estupenda fanfarronada y, por fin, excediéndose por el estúpido error deliberado de colocar los cabellos de Len Bateson entre los dedos de Patricia, aunque era evidente que esta fue atacada por la espalda y, por lo tanto, no pudo coger a su asaltante por el pelo. Los asesinos son así. Llevados por su propio egotismo, por la admiración de su propia inteligencia, confían en su encanto, porque Nigel tiene encanto, todo el encanto de un niño mimado que no ha crecido, que nunca crecerá y que solo ve una cosa: a él mismo. ¡Y lo que quiere!

—Pero ¿por qué, Mr. Poirot? ¿Por qué matar? A Celia Austin, tal vez. Pero ¿por qué a Patricia Lane?

—Eso —replicó Poirot— es lo que tenemos que averiguar.

Capítulo 21

—Hacía mucho que no le veía —le dijo el anciano Mr. Endicott a Hércules Poirot, mirándolo fijamente—. Ha sido usted muy amable al venir a visitarme.

—No me lo agradezca demasiado —replicó el detective—. Es que deseo algo.

—Como bien sabe, estoy en deuda con usted por aclarar aquel desagradable asunto de Abernethy.

—En realidad, me ha sorprendido encontrarle aquí. Creí que se habría retirado.

El anciano abogado sonrió. Su nombre era muy conocido y gozaba de excelente reputación.

—Hoy he venido para ver a un antiguo cliente. Todavía sigo llevando los asuntos de un par de viejos amigos.

—Sir Arthur Stanley fue un antiguo amigo y cliente suyo, ¿verdad?

—Sí. Hemos llevado todos sus asuntos legales desde que era joven. Un hombre muy brillante, Poirot, y con una inteligencia excepcional.

—Anunciaron su muerte en las noticias de ayer a las seis.

—Sí. El funeral será el viernes. Llevaba enfermo algún tiempo. Tenía un tumor maligno.

—¿Lady Stanley falleció años atrás?

—Hará unos dos años y medio.

Los inteligentes ojos del abogado miraron vigilantes a Hércules Poirot.

—¿De qué murió?

El abogado replicó en el acto:

—Una sobredosis de somníferos.

—¿Se abrió una investigación?

—Sí. Y el veredicto fue que los tomó accidentalmente.

—¿Y fue así?

Mr. Endicott guardó silencio unos segundos.

—No quiero ofenderlo. No tengo la menor duda de que tendrá usted una buena razón para preguntarlo. Tengo entendido que el veronal es una droga muy peligrosa, ya que no existe demasiado margen entre una dosis efectiva y otra mortal. Si el enfermo se olvida de que ya ha tomado una dosis y toma otra... bueno, el resultado puede ser fatal.

Poirot asintió.

—¿Y eso es lo que ocurrió?

—Es de suponer. No hubo el menor indicio de que pudiera tratarse de un suicidio, ni ella tenía tendencias suicidas.

—¿Y no se insinuó otra cosa?

Se repitió aquella mirada inquisidora.

—Su esposo prestó testimonio.

—¿Y qué dijo?

—Dejó bien claro que algunas veces ella se confundía después de tomar la dosis y pedía otra.

—¿Mentía?

—Caramba, Poirot, qué pregunta más atrevida. ¿Por qué supone usted que voy a saberlo?

Poirot sonrió. Aquel intento de mostrarse ofendido no le engañaba.

—Insinúo, sencillamente, que usted lo sabe muy bien, amigo mío. Pero de momento no voy a avergonzarlo preguntando lo que sabe. En vez de eso, le pediré su opinión. La opinión de un hombre sobre otro. ¿Era Arthur Stanley uno de esos hombres capaces de deshacerse de su esposa si hubiese deseado casarse con otra?

Mr. Endicott dio un respingo como si le hubiera picado una avispa.

—Esto es absurdo —replicó indignado—, completamente absurdo. Y no había otra mujer. Stanley fue siempre fiel a su esposa.

—Sí. Eso pensaba. Y ahora pasaré a exponerle el motivo de mi visita. Usted es el abogado que redactó el testamento de Arthur Stanley. Y tal vez sea además su albacea.

—Lo soy.

—Arthur Stanley tenía un hijo. Este se peleó con su padre cuando la muerte de la madre y se marchó de casa. Incluso llegó hasta el extremo de cambiarse el nombre.

—Eso lo ignoraba. ¿Cómo se hace llamar ahora?

—Ya llegaremos a ello. Antes voy a plantearle una suposición. Si estoy en lo cierto, tal vez usted lo admita. Creo que Arthur Stanley le dejó una carta que debía abrirse después de su muerte o si se daban ciertas condiciones.

—¡La verdad, Poirot, en la Edad Media sin duda lo hubieran quemado en la hoguera! ¿Cómo es posible que sepa tantas cosas?

—Entonces, ¿estoy en lo cierto? Yo creo que en esa carta se ofrece una alternativa: destruir su contenido o emprender cierta acción.

Hizo una pausa.

—*Bon Dieu!* —dijo Poirot alarmado—. No habrá usted destruido ya...

Se interrumpió con un suspiro de alivio al ver que Mr. Endicott meneaba la cabeza.

—Nunca obramos con precipitación —dijo este en tono de reproche—. Tengo que hacer muchas averiguaciones para quedar plenamente satisfecho. —Hizo una pausa—. Este asunto es altamente confidencial. Incluso para usted, Poirot.

—¿Y si yo le ofreciera un buen motivo para que hablase?

—Eso es cosa suya. Yo no concibo que pueda usted saber nada relevante sobre el asunto que estamos discutiendo.

—Yo no lo sé, así que tengo que adivinarlo. Si lo que imagino es cierto...

—Es muy improbable que acierte —replicó Mr. Endicott alzando una mano.

Poirot inspiró con fuerza.

—Muy bien. Yo imagino que sus instrucciones son las siguientes: muerto sir Arthur, usted debe buscar a su hijo Nigel para cerciorarse de que vive, de cómo vive y de si está o estuvo relacionado con alguna actividad criminal.

Esta vez la calma de Mr. Endicott sufrió un rudo sobresalto, que le hizo lanzar una exclamación que pocos habían podido oír de sus labios.

—Puesto que parece tener pleno conocimiento de los hechos, voy a decirle lo que desea saber. Deduzco que habrá tropezado con el joven Nigel durante el curso de sus actividades profesionales. ¿Qué ha estado haciendo ahora ese diablo?

—Yo creo que la historia es la siguiente: después de abandonar su casa, cambió de nombre diciendo que tenía que hacerlo para cumplir la condición de un testamento. Luego se unió a algunas personas que dirigían una red de contrabandistas, drogas y joyas. Creo que, gracias a su intervención, diseñaron un método muy astuto, en el que se utilizaba a inocentes estudiantes y de *bona fide*. Todo estaba dirigido por dos personas: Nigel Chapman, como se hace llamar ahora, y una joven llamada Valerie Hobhouse, quien, según creo, lo introdujo en el negocio del contrabando. Era una red pequeña y trabajaban por una comisión, aunque inmensamente provechosa. Los artículos tenían que ser de tamaño reducido, pero las piedras preciosas, así como los narcóticos, valen miles de libras y ocupan muy poco espacio. Todo fue bien hasta que ocurrió una de esas casualidades imprevistas. Un policía fue en cierta ocasión a una residencia para investigar algo relacionado con un asesinato cometido cerca de Cambridge. Yo creo que usted conoce la razón de por qué a Nigel le produjo tanto pánico la noticia: pensó que lo buscaban a él. Quitó algunas bombillas para que la luz fuera escasa y también, presa del pánico, llevó una mochila al patio posterior, la hizo trizas y ocultó los restos detrás de la caldera de la calefacción por temor a que encontraran huellas de los narcóticos en el doble fondo.

»Su temor era infundado, porque el policía se limitó a hacer varias preguntas acerca de un estudiante euroasiático. Pero una de las jóvenes se había asomado al balcón por casualidad y lo vio destruir la mochila. Aquello no representó su sentencia de muerte, al menos de momento. En vez de eso, imaginó un inteligente plan e indujo a la joven a realizar algunas acciones tontas que habrían de colocarla en una posición muy difícil. Sin embargo, llevaron el plan demasiado lejos. La responsable de la residencia me avisó a mí, y yo le aconsejé que diera parte a la policía. La joven perdió la cabeza y confesó, es decir, confesó las cosas que ella había hecho. Pero creo que fue a ver a Nigel apremiándole para que confesara lo de la mochila y lo de haber vertido tinta sobre los apuntes de una estudiante. Ni el joven Nigel ni su cómplice deseaban que se llamara la atención sobre la mochila, ya que su plan de campaña quedaría arruinado. Además, Celia, la muchacha en cuestión, conocía otros detalles peligrosos que reveló la noche en que yo cené allí. Ella sabía quién era Nigel Chapman en realidad.

—Pero probablemente... —Mr. Endicott frunció el entrecejo.

—Nigel se había trasladado de un mundo a otro. Sus viejos amigos quizá sabían que ahora se hacía llamar Chapman, aunque ignoraban sus actividades. En la residencia nadie sabía que su verdadero nombre era Stanley, pero de pronto Celia reveló que le conocía sus dos identidades. Sabía también que Valerie Hobhouse había viajado al extranjero con pasaporte falso, por lo menos en una ocasión. Sabía demasiado. La noche siguiente salió para reunirse con él y Nigel le dio a beber un café en el que había morfina. Celia murió mientras dormía, y él lo arregló todo para que pareciese un suicidio.

Mr. Endicott se removió, inquieto. Una expresión de profunda angustia apareció en su rostro. Murmuró algo.

—Pero eso no fue todo —continuó Poirot—. La mujer que era propietaria de la cadena de residencias y clubes para estudiantes falleció poco después en circunstancias sospechosas, y luego, finalmente, se cometió el crimen más cruel e inhumano: Patricia Lane, una joven que adoraba a Nigel y a quien él apreciaba sinceramente, se entrometió en sus asuntos y, además, insistió en que debía reconciliarse con su padre antes de que este muriese. Nigel le contó una sarta de mentiras, pero comprendió que su obstinación podía impulsarle a escribir una segunda carta, a pesar de haber destruido la primera. Y yo creo, amigo mío, que usted podrá decirme, desde su punto de vista, qué razón había para que fuera peligrosa para Nigel.

Mr. Endicott se puso de pie. Se dirigió a la caja fuerte, la abrió y volvió con un sobre con un sello de lacre rojo roto. Contenía dos documentos que puso ante Poirot.

Apreciado Endicott:

Usted abrirá esta carta después de mi muerte. Deseo que busque a mi hijo Nigel y averigüe si ha sido culpable de algún acto delictivo.

Los hechos que voy a contarle solo yo los conozco. Nigel siempre ha tenido un carácter delictivo. En dos ocasiones, falsificó mi firma en un cheque. Las dos veces yo reconocí la firma como mía, pero le advertí que no volviera a hacerlo. En la tercera ocasión, falsificó la firma de su madre y ella lo acusó del delito. Le suplicó que guardara silencio, pero se negó. Mi esposa y yo habíamos discutido el asunto y ella dejó claro que me lo contaría. Fue entonces cuando Nigel le dio una sobredosis al prepararle el somnífero. Sin embargo, antes de que le produjera efecto, ella estuvo en mi habitación y me contó lo ocurrido. Cuando a la mañana siguiente la encontraron muerta, supe quién había sido.

Yo lo acusé, diciéndole que estaba dispuesto a contárselo todo a la policía, y él me suplicó con desesperación. ¿Qué hubiera hecho usted, Endicott? No puedo hacerme ilusiones con mi hijo, sé cómo es: un ser peligroso, sin conciencia ni piedad. No había razón para salvarle, pero fue pensar en mi adorada esposa lo que me contuvo. ¿Habría querido ella que se hiciera justicia? Creo conocer la respuesta: ella hubiera querido salvar a su hijo de la horca. Le habría horrorizado, lo mismo que a mí, manchar nuestro nombre. Pero había otra cosa. Siempre he creído que el que mata una vez siempre será un asesino. En el futuro podría haber nuevas víctimas. Hice un trato con mi hijo, y si actué bien o mal, no lo sé. Él escribió la confesión de su crimen y la guardé. Lo eché de mi casa y le dije que no volviera nunca más, y que iniciara una vida nueva por sus propios medios. Le di una segunda oportunidad. El dinero que perteneció a su madre pasaría a sus manos automáticamente. Había recibido una buena educación y estaba en situación de prosperar.

Pero si lo condenaran por cualquier actividad criminal, entregaría a la policía su confesión. Me protegí explicándole que mi propia muerte no solucionaría el problema.

Usted es mi mejor amigo. Sobre sus hombros coloco esta carga, y se lo pido en nombre de una muerta que también fue amiga suya. Busque a Nigel. Si sus informes son buenos, destruya esta carta y la confesión. Si no, que se haga justicia.

Su afectísimo amigo,

ARTHUR STANLEY

—¡Ah! —Poirot exhaló un profundo suspiro. Desdobló el otro papel.

Por la presente, confieso que yo asesiné a mi madre administrándole una sobredosis de veronal el 18 de noviembre de 1950.

NIGEL STANLEY

Capítulo 22

—¿Comprende perfectamente su posición, miss Hobhouse? Ya le he advertido...

Valerie Hobhouse lo atajó.

—Sé lo que hago. Usted ya me ha advertido de que lo que diga puede ser utilizado en mi contra. Estoy preparada para ello. Ustedes me han detenido acusada de contrabandista. No tengo la menor esperanza. Eso representa muchos años de cárcel. Pero esto otro significa que seré acusada como cómplice de un asesinato.

—Si hace una declaración voluntaria, eso puede ayudarla, aunque yo no puedo prometerle nada.

—No creo que me importe. Terminaré languideciendo años y años en la cárcel. Deseo hacer una declaración. Quizá sea cómplice, pero no una asesina. Nunca tuve intención de matar ni lo deseé siquiera. No soy tan tonta. Lo que quiero es que quede el caso bien claro contra Nigel.

»Celia sabía demasiado, aunque yo habría podido arreglarlo de algún modo. Nigel no me dio tiempo. Consiguió que saliera de la casa y le dijo que confesaría lo de la mochila y la tinta, y aprovechó para echar morfina en el café. Se había apoderado de la carta de Celia a Mrs. Hubbard y arrancó la frase del "suicidio". Luego puso el papel y el frasco de morfina vacío (que retuvo después de fingir que lo había tirado) junto a la cama. Ahora comprendo que había estado planeando el crimen desde hacía tiempo. Después me contó lo que había hecho. Por mi propio interés, tuve que ponerme de su lado.

»Lo mismo debió de ocurrir con Mrs. Nick. Descubrió que bebía, que ya no era de fiar, y se las arregló para encontrarla fuera de la casa y envenenarla. Él me lo negó, pero yo sé que eso es lo que hizo. Luego le tocó a Pat. Nigel subió a mi habitación para contarme lo que había ocurrido y decirme lo que debía hacer para que los dos tuviéramos una coartada perfecta. Me tenía atrapada sin escapatoria posible. Supongo que si ustedes no me hubieran cogido, me habría marchado al extranjero, a cualquier parte, para empezar una nueva vida. Pero me detuvieron y ahora solo me importa una cosa: asegurarme de que ese diablo sea ahorcado.

El inspector Sharpe exhaló un hondo suspiro. Todo aquello era muy satisfactorio y representaba una gran suerte, aunque seguía intrigado.

El agente humedeció el lápiz.

—No estoy seguro de entenderlo todo bien —empezó a decir Sharpe, pero ella le cortó enseguida.

—No es necesario que lo entienda. Tengo mis razones.

—¿Mrs. Nicoletis? —preguntó Poirot con suavidad, y vio como ella contenía el aliento—. Era su madre, ¿no es cierto?

—Sí —dijo Valerie Hobhouse—. Era mi madre.

Capítulo 23

1

—No lo entiendo —se lamentó Mr. Akibombo.

Miró ansiosamente de una cabeza pelirroja a la otra.

Sally Finch y Len Bateson sostenían una conversación que Mr. Akibombo apenas podía seguir.

—¿Crees que Nigel quería que sospecharan de mí o de ti? —preguntó Sally.

—Yo diría que de cualquiera de los dos —replicó Len—. En realidad, creo que cogió los cabellos de mi cepillo.

—No lo entiendo, por favor —dijo Mr. Akibombo—. ¿Entonces fue Mr. Nigel quien saltó por el balcón?

—Nigel salta como un gato. Yo no hubiera podido saltar ese espacio. Peso demasiado.

—Quiero pedir disculpas humildemente por mis injustificadas sospechas.

—No tiene importancia —replicó Len.

—En realidad, nos ha ayudado mucho —dijo Sally—. Con tanto pensar sobre el ácido bórico.

El rostro de Mr. Akibombo se iluminó.

—Tendríamos que haber pensado desde el principio que Nigel era un tipo desequilibrado y... —manifestó Len.

—Oh, por amor de Dios, hablas como Colin. Con franqueza, Nigel siempre me ponía nerviosa y al fin veo por qué. ¿Te das cuenta, Len, de que si el pobre sir Arthur Stanley no hubiera sido tan sentimental y hubiese entregado a Nigel a la policía, hoy habría tres personas más con vida? Es algo muy serio.

—No obstante, uno se hace cargo de sus sentimientos.

—Por favor, miss Sally.

—Diga, Mr. Akibombo.

—Si encuentra a mi profesor en la fiesta universitaria de esta noche, ¿le dirá usted, por favor, que he demostrado saber pensar? Mi profesor dice siempre que tengo una mentalidad muy lenta.

—Se lo diré —prometió Sally.

Len Bateson era la imagen viva de la tristeza.

—Dentro de una semana estarás de regreso en Estados Unidos.

Hubo un silencio momentáneo.

—Volveré —replicó Sally—. O tú podrías ir a estudiar un curso allí.

—¿De qué serviría?

—Mr. Akibombo —le dijo Sally—, ¿le gustaría ser padrino de boda algún día?

—¿Qué es ser padrino de boda, por favor?

—El novio, por ejemplo, Len, le da un anillo para que se lo guarde, y van los dos a la iglesia muy elegantes y, en el momento preciso, él le pide que se lo devuelva y se lo da para que me lo ponga a mí en el dedo mientras el órgano toca la marcha nupcial y todo el mundo llora. Eso es todo.

—¿Quiere decir que usted y Mr. Len van a casarse?

—Esa es la idea.

—¡Sally!

—A menos que a Len no le guste la idea.

—¡Sally! Pero tú no sabes que mi padre...

—¿Y eso qué más da? Claro que lo sé. Tu padre está loco. Bueno, así son muchísimos padres.

—No es un tipo de manía hereditaria. Puedo asegurártelo, Sally. Si tú supieras lo desesperado e infeliz que me sentía por temor a que no me quisieras.

—Tenía una ligerísima sospecha.

—En África —dijo Mr. Akibombo—, en tiempos pasados, antes de que llegaran la era atómica y los descubrimientos científicos, las costumbres matrimoniales eran muy curiosas e interesantes. Si quieren les contaré...

—Será mejor que no lo haga —replicó Sally—. Tengo la vaga idea de que nos haría enrojecer a Len y a mí, y cuando se es pelirrojo, eso se nota mucho.

2

Hércules Poirot firmó la última carta que miss Lemon había puesto ante él.

—*Très bien* —afirmó en tono grave—. Ni una sola equivocación.

Miss Lemon pareció ligeramente molesta.

—No creo que cometa equivocaciones con frecuencia.

—No, pero ha ocurrido alguna vez. A propósito, ¿cómo está su hermana?

—Está pensando realizar un crucero por las capitales del norte, monsieur Poirot.

—¡Ah! —exclamó el detective.

Se preguntó si... ¿Tal vez? ¿Un crucero? Pero él nunca haría un viaje por mar por nada del mundo.

El reloj dio una campanada.

—«El reloj dio la una. El ratón corrió veloz. *Hickory, dickory, dock*» —recitó Hércules Poirot.

—¿Decía usted algo, monsieur Poirot? —preguntó su secretaria.

—Nada, nada —contestó el detective.